AVEC TOI, POUR TOUJOURS

L'auteur

Eleonora Gaggero est une personnalité italienne aux multiples talents. Elle a commencé à danser à l'âge de trois ans, avant de se tourner vers une carrière d'actrice. En 2015, elle interprète le rôle de Nicole De Porte dans *Alexandro* et obtient le prix « Révélation de l'année » au Capri Hollywood Festival 2016. *Avec toi, pour toujours* est son premier roman.

ELEONORA GAGGERO

AVEC TOI, POUR TOUJOURS

Traduit de l'italien par Nathalie Nédélec-Courtès

POCKET JEUNESSE
PKJ·

Titre original :
Se è con te, sempre

Publié pour la première fois en 2017
par Fabbri Editori

Contribution : Malina Stachurska

Loi n° 49956 du 16 juillet 1949 sur les publications
destinées à la jeunesse : mai 2019

ISBN : 978-2-266-29351-8
Dépôt légal : mai 2019

À mon grand-père,
qui a été le premier à être touché par ce livre et qui m'aime
comme si j'étais une partie de lui et qui, chaque jour,
fait tant de sacrifices pour nous sans jamais nous le faire sentir.
Je t'aime.

À mes parents,
qui pour moi iraient au bout du monde
et qui croyaient déjà en moi avant
que je n'y croie moi-même.

1

Castle on the Hill – Ed Sheeran

Les arbres défilent à toute vitesse derrière la fenêtre. Le soleil brille haut dans le ciel ; il n'y a pas un nuage. Je joue avec mon pendentif en argent qui représente un croissant de lune. C'est un tic, je le fais depuis toujours.

Mes parents discutent avec animation, mais grâce à *Castle on the Hill* d'Ed Sheeran, diffusé à fond dans mes écouteurs, je ne les entends pas. Le sujet n'a pas dû changer en trois heures : mon père s'est acheté un vélo neuf sans rien dire à ma mère, un classique. Il suffit d'y ajouter la tension de l'imminente séparation d'avec moi pour que la bombe explose. Boum !

Je n'y fais pas attention : ma seule pensée, c'est que je suis sur le point de passer les trois plus beaux mois de ma vie.

Quand j'ai reçu la lettre d'admission pour le camp d'été, j'ai hurlé tellement fort que ma mère a cru que des voleurs étaient entrés chez nous. Elle s'est précipitée dans la salle à manger en brandissant le balai comme une épée. Je n'oublierai jamais cette scène. Papa et moi, on s'est moqués d'elle pendant une semaine entière.

J'ai encore la poésie que j'avais récitée au test d'admission ; je la garde dans une petite poche de mon sac à dos comme un porte-bonheur. Je n'arrive toujours pas à croire que j'ai été prise. Ce stage d'été est l'un des plus prestigieux d'Italie en matière d'art dramatique, de danse, de chant et de musique. Seul un élève sur dix y est admis ! J'espère vraiment être à la hauteur…

J'entortille une mèche de cheveux autour de mes doigts. J'ai décidé de les teindre en rose il y a deux mois. J'avais envie de changement. J'ai laissé les racines de ma couleur naturelle, le châtain, et le résultat me plaît beaucoup.

Pour ce faire, je suis allée chez Isabella. Nous avons regardé un tuto en ligne et acheté ce qu'il fallait. Au début, je croyais que j'avais complètement raté mon coup et que j'allais devoir me raser la tête (et, par conséquent, fuguer). Au final, la catastrophe n'a pas eu lieu. C'est même carrément réussi.

Bien sûr, je n'avais rien dit à mes parents. Pendant deux jours, j'ai dîné avec un bonnet sur la tête ; puis ma mère a eu des soupçons et m'a obligée à l'enlever.

Comme elle est plutôt vieux jeu, j'ai cru qu'elle allait tomber dans les pommes. Mon père, lui, a été plus cool : il a compris mon désir de me sentir quelqu'un de différent.

Mes pensées sont interrompues par une vibration de mon portable. C'est un message WhatsApp.

ISABELLA

Effy, tu es où ? Tu es arrivée ?
Appelle-moi dès que tu peux !
Tu ne vas pas croire ce qui s'est passé
ce matin avec Lorenzo !

Je souris et je tape la réponse à toute vitesse.

MOI

D'accord, j'ai hâte de savoir ce que tu fabriques.
Mais il y en a encore pour un bout de temps...

Je regarde la photo de son profil : nous deux assises en pyjama sur son lit. Je suis derrière elle et je la serre dans mes bras, à moitié cachée par son incroyable crinière bouclée. Nous sourions jusqu'aux oreilles. On nous donnerait le bon Dieu sans confession, mais en réalité, nous sommes de vraies pestes. Je n'avais pas encore vu cette photo : elle a dû la mettre récemment, même si elle a été prise il y a un bon moment : mes cheveux avaient encore leur couleur naturelle.

Isa est très belle : elle a les yeux bleus et de longs cils noirs. Un peu plus petite que moi, elle a un physique parfait. On se connaît depuis le CP. C'est ma meilleure amie, avec Lorenzo.

Lorenzo est arrivé dans notre classe en CE2. Les autres l'ont tout de suite exclu. Ils se moquaient de lui parce qu'il était petit et l'avaient surnommé Bigfoot à cause de ses pieds, qu'ils trouvaient gros. Un jour, à la récré, Isabella et moi, nous l'avons vu recroquevillé sous le bureau de l'instit, en train de pleurer à chaudes larmes. Ce jour-là, nous lui avons promis de ne plus jamais le laisser seul, et nous avons tenu parole. Le « petit » ne l'est pas resté longtemps : en 4e, c'est lui qui regardait les autres du haut de son mètre quatre-vingt-cinq.

Nous avons toujours été un super trio, mais quand Isa et Lorenzo ont compris qu'ils n'étaient plus unis simplement par l'amitié, je me suis sentie de trop. D'accord, c'est normal, mais ça me fait tout drôle... Pour me rassurer, hier soir, ils m'ont organisé une méga fête d'adieu, alors que je ne pars que pour trois mois.

Je ne me doutais de rien. Quand je suis rentrée chez moi après être allée promener mon chien, Baby, mes deux meilleurs amis m'ont sauté dessus en hurlant : « SURPRISE ! » J'ai failli avoir un infarctus.

Isabella m'avait préparé un énorme gâteau au chocolat, mon préféré. Comme nous n'avons pas réussi à le terminer, même avec l'aide de mes parents, j'en ai emporté une belle part dans ma valise. J'espère qu'elle ne va pas être écrasée. Lorenzo faisait comme si de rien n'était, mais j'ai vu qu'il avait les yeux brillants… C'était trop chou ! Je l'adore.

Je regarde ma montre : nous serons sur place dans une heure et vingt minutes exactement. Pourquoi faut-il que ce soit en Toscane ? J'ai l'impression que je ne vais jamais arriver ! Sur le site du campus, il est écrit que l'emplacement a été choisi pour réduire les distractions au minimum et favoriser « un isolement créatif total ». Hmmm… J'espère que ce n'est pas *trop* isolé. Je veux avoir des choses à raconter à Isabella en temps réel.

Je change de chanson et ferme les yeux en écoutant *A te* de Jovanotti.

Je me sens prête pour affronter ces trois mois. Je sais que ce sera dur et j'ai l'intention de me donner à fond. Et surtout de m'amuser comme jamais.

2

▶ Ever Since New York – Harry Styles

Je suis réveillée par la voix de mon père.

— Effy, on est arrivés !

Je me redresse brusquement. Je range les écouteurs dans mon sac à dos et j'enfile mes chaussures de sport que j'avais ôtées pour le voyage. Je suis si émue ! Qui sait comment ça va être… Va-t-il y avoir des gens qui chantent et improvisent des pas de danse le long des couloirs, comme dans *High School Musical* ?

Le jour où j'ai cherché le nom du campus sur Internet, j'ai découvert que plein de groupes, de chanteurs et d'acteurs sont sortis de là. Peut-être deviendrai-je un jour célèbre moi aussi…

Tandis que mes parents sortent les bagages du coffre, j'observe l'endroit avec fascination. Les jardins sont immenses. Au centre, il y a une fontaine, entourée de bancs tachés de rouille et à la peinture écaillée. Quelques personnes pique-niquent sur le gazon, d'autres jouent au ballon. L'édifice central, gigantesque, me rappelle le château de Harry Potter.

Il est flanqué de deux constructions en briques rouges, sûrement des dortoirs, parce qu'il y a plein de garçons et de filles avec leurs valises devant les entrées.

Ma mère écrase une larme : nous ne nous sommes jamais séparées pour aussi longtemps.

— Ma chérie, tu es vraiment certaine de vouloir y aller ? demande-t-elle après s'être mouchée.

Ses yeux, habituellement joyeux et insouciants, sont tout rouges. Mon père, pourtant très sensible, arrive à se contrôler.

Je les serre dans mes bras et m'écarte vite, pour ne pas craquer moi aussi.

— Du calme, rassurez-vous. Cet endroit est l'un des plus sûrs de tout le pays. Dites-vous plutôt que je vais enfin avoir l'occasion de faire quelque chose qui me plaît. Allez-y ! Je vous aime.

Je les salue une dernière fois avant de me diriger vers l'entrée principale, le long d'une allée de gravier blanc, en traînant mes valises derrière moi. Quand je me retourne pour les regarder partir, la voiture a déjà disparu.

Ma vue se brouille. Il fait chaud. J'ai le souffle court et les cheveux collés sur mon front en sueur. Je suis presque arrivée quand j'entends un crissement de pneus. Je me retourne : une grosse voiture aux vitres teintées se gare devant le dortoir des garçons.

Un petit groupe de filles s'arrête pour l'observer. Elles ont les yeux qui brillent ; elles doivent savoir qui va en descendre. Elles chuchotent et lâchent de petits rires, la main sur la bouche.

Un garçon avec des lunettes de soleil descend côté conducteur. Ses cheveux courts sont noir corbeau. Son tee-shirt blanc laisse deviner les muscles de son torse et son jean noir met ses jambes en valeur. D'une main, il retient une veste de cuir jetée sur son épaule.

Quelques secondes plus tard, la portière côté passager s'ouvre. Un autre garçon apparaît. Ses cheveux châtains et ondulés lui arrivent à l'épaule. Il est habillé de la même manière que son ami, des tatouages sur les bras en plus.

Le premier regarde dans ma direction et dit quelque chose à l'oreille de l'autre. Ils éclatent de rire tous les deux avant d'entrer dans le bâtiment.

Je reste ébahie quelques secondes, immobile dans l'allée. Une voix m'arrache à mes pensées et me fait sursauter.

— Ils sont beaux, hein ? Ce sont les deux stars du campus.

Je me retourne et je regarde avec perplexité la fille qui se tient devant moi. Elle doit avoir dans les vingt-trois ans : trop jeune pour être prof, trop âgée pour être élève. Elle sourit, elle a une fossette à la joue droite. Ses longs cheveux noirs sont rassemblés en queue de cheval, comme les miens. Un appareil Polaroid est accroché autour de son cou. D'un geste gracieux et vif, elle le fixe sur moi.

— Souris ! me lance-t-elle, et elle me prend en photo sans que j'aie le temps de m'en rendre compte.

Elle baisse l'appareil et précise :

— Moi, c'est Michelle, la secrétaire de l'école. Tu viens d'arriver, à ce que je vois ? Si tu as besoin d'un coup de main, je suis à ta disposition. Il suffit de demander, je suis là pour ça.

Elle parle tellement vite que j'ai du mal à la suivre.

— Merci. Moi, c'est Federica Lanieri, mais tout le monde m'appelle Effy. Enchantée…

Je lui tends la main, mais elle s'est déjà éloignée au pas de course. Elle entre dans le bâtiment principal et s'approche d'un comptoir ; c'est sûrement la réception. Elle tend le bras, saisit des feuilles et une clef, et revient vers moi.

— Ça, c'est la clef de ta chambre. Là, tu as les horaires des cours et les renseignements utiles pour te déplacer sur le campus. Viens, je t'accompagne.

Avant que je puisse la remercier, elle attrape une de mes valises et se dirige à grandes enjambées vers le dortoir des filles.

— Ce soir, il y a une réunion de bienvenue, à sept heures, avant le dîner, dans la salle des banquets. Ne sois pas en retard, surtout !

Quelle énergie ! Comment fait-elle pour respirer quand elle parle ?

Nous entrons dans le hall, qui est plein de filles. Certaines saluent Michelle comme si elles la connaissaient depuis toujours. Elle leur sourit en retour. Il y a un grand escalier en colimaçon. Je m'y dirige d'un pas indécis, quand Michelle m'arrête.

— Ma belle, si tu veux monter trois étages à pied avec cette valise, vas-y ! Moi, je prends l'ascenseur.

J'éclate de rire et la rejoins. Nous entassons mes bagages dans la cabine et montons au troisième étage.

L'ascenseur s'ouvre, révélant une rangée de portes de chaque côté d'un couloir. Le sol carrelé resplendit. Je vérifie le numéro sur ma clef : 310. Ma chambre est la dernière, au fond à droite.

Tandis que je glisse la clef dans la serrure, Michelle m'explique que j'y serai seule quelque temps, car on ne m'a pas encore attribué de camarade. En entrant, je découvre un lit près de la fenêtre, un autre collé au mur et deux tables de chevet. À gauche de la porte, il y a un bureau avec deux chaises, à droite une petite armoire. Heureusement, je n'ai pas apporté trop de vêtements…

Même si l'endroit n'est pas franchement accueillant, je ressens un frisson à l'idée de ne plus être sous le même toit que mes parents. C'est comme si je les avait quittés pour vivre seule ; je me sens plus âgée et indépendante. C'est génial ! Je suis excitée comme une puce.

Je pose mes bagages et m'approche de la fenêtre. Elle surplombe le jardin du campus. Les parterres, très soignés, regorgent de fleurs. Ils convergent vers la fontaine qui ressemble à un cœur battant au rythme des jets d'eau. Je prends une photo du paysage pour Snapchat.

— Bon, il te reste quelques heures pour tout ranger avant l'assemblée, dit Michelle. Si tu as un problème, viens me voir. À ce soir !

Elle me fait un dernier grand sourire et quitte la pièce. Son inépuisable énergie s'en va avec elle et je me jette sur le lit, éreintée. Je me passe les mains sur le front et je respire à fond. J'effleure d'un doigt les contours du croissant de lune de mon pendentif.

J'appelle Isabella.

— Effy, comment tu vas ? Tu es arrivée ? Comment c'est là-bas ?

— Oui, oui, tout va bien. Je suis déjà dans ma chambre. Une fille trop sympa m'y a accompagnée.

— Des mecs ?

J'étais sûre qu'elle allait le demander !

Je me mords la lèvre.

— Eh bien, juste avant d'entrer, j'en ai vu deux vraiment beaux. L'un a les cheveux longs, juste comme je les aime. Encore des mecs inaccessibles, quoi…

— Tu rigoles ? Tu es tellement belle que même Brad Pitt baverait devant toi. Et puis, avec tes cheveux roses, personne ne peut te résister !

J'éclate de rire. Isabella a été la seule en faveur de mes cheveux. Tous les autres – y compris ma famille – ont dit qu'ainsi je ressemblais à une enseigne lumineuse.

Je demande :

— Comment ça va avec Lorenzo ?

Elle me raconte leur journée. Notre ami a beau faire des efforts, il est toujours aussi maladroit, et les gars du quartier continuent de le prendre pour un idiot.

Nous restons au téléphone pendant une heure. Soudain, je me rends compte qu'il est presque six heures et que je n'ai pas encore pris ma douche. Je raccroche et, à ce moment seulement, je constate qu'il n'y a pas de salle de bains dans la chambre.

Panique.

J'ouvre la porte et je passe la tête dans le couloir. De l'autre côté, je vois le panneau « SALLE DE BAINS ET DOUCHES ».

Ce détail m'avait échappé. Je me déshabille et cherche des vêtements propres dans ma valise. Il me faut quelques minutes pour décider si je mets ma jupe en jean ou un short. Finalement, je choisis le short et un débardeur blanc.

Je prends le shampooing, l'après-shampooing, le gel douche, et sors de ma chambre, enroulée dans une serviette. Je jette un coup d'œil alentour : personne. Je cours jusqu'à la salle de bains.

À gauche, une rangée de douches va jusqu'à une grande fenêtre aux carreaux opaques ; à droite, une longue tablette avec quatre lavabos et un miroir qui recouvre toute la paroi. Au fond, des bancs et des porte-manteaux : c'est le vestiaire. Au moins, ça a l'air propre…

J'entends les voix de deux filles qui bavardent sous la douche.

— Ce soir, il y a le pot de bienvenue, dit la première. Mon père m'a expliqué qu'ils nous répartiront en groupes. J'espère qu'on va me mettre avec James.

L'autre fille s'esclaffe.

— C'est sûr ! Vous formez un beau couple. Ça se voit qu'il t'aime à la folie !

Alors, nous serons répartis en groupes ? Et pour faire quoi ?

J'entre dans la douche, j'ouvre le robinet, et l'eau couvre tout autre bruit. Vingt minutes plus tard, je suis dans ma chambre, les cheveux trempés. J'allume mon portable : sept heures moins dix ! Je me dépêche de sortir. Puis je me souviens du gâteau, je reviens dans la chambre, retire la boîte de la valise et l'emporte avec moi. Dans l'ascenseur, je ramasse mes cheveux en chignon.

L'air est encore chaud bien que le soleil commence à décliner. Je fonce vers l'édifice principal. 18 h 57 !

Une fois à l'intérieur, je m'arrête, perplexe : je ne sais pas où aller ! Je suis sur le point de ressortir pour me renseigner quand je vois une fille qui marche au fond du couloir. Je la rejoins au pas de course.

Elle a deux tresses souples et n'est pas maquillée, en dehors d'un trait fin d'eye-liner sur les paupières. Elle tient deux livres serrés contre sa poitrine.

— Heu… pardon. Tu ne vas pas dans la salle des banquets pour la réunion, par hasard ?

Elle esquisse un sourire. Ses yeux bleus sont tellement grands et magnifiques qu'ils m'intimident. Son regard se pose sur mes cheveux humides.

— Eh bien, si… j'y vais justement. Suis-moi, dit-elle en pressant le pas.

— Super. Moi, c'est Effy.

Je lui tends la main, elle la serre.

— Stella.

19 h 01.

— Dis, Stella, je ne sais pas toi… mais moi, je déteste arriver en retard !

Elle pouffe de rire et se met à courir. Quand nous trouvons enfin la salle, la grande porte de bois est déjà fermée.

Aucun bruit ne parvient de l'intérieur en dehors d'une voix d'homme qui semble très lointaine, amortie par la lourde porte. Stella et moi nous regardons, indécises.

— On entre ?

Elle hoche la tête, effrayée.

Nous poussons ensemble le battant. Tout le monde se retourne pour nous regarder. L'homme debout derrière le micro au fond de la salle nous fixe lui aussi, d'un air ennuyé et un peu renfrogné. La cinquantaine, de haute taille, une petite barbe et des yeux noirs : ce doit être le principal.

Il se penche vers le micro.

— Mesdemoiselles, veuillez prendre place…

Mes joues s'embrasent ; le visage de Stella est carrément pourpre.

Quatre longues tables sont dressées pour le dîner. Je ne sais pas où aller m'asseoir.

Je croise le regard du garçon aux cheveux longs que j'ai vu descendre de voiture. Son copain est assis à sa gauche. Il n'a plus ses lunettes de soleil et je découvre enfin ses yeux, bleus comme la glace, un regard à faire pâlir d'envie Paul Newman. C'est ce que dit ma mère chaque fois qu'elle voit un beau gosse à la télé : « Il a des yeux qui feraient pâlir d'envie Paul Newman ! », sans que je sache de qui elle parle.

Tous les deux me dévisagent. Puis le garçon aux yeux bleus est distrait par une jolie blonde assise près de lui.

Nous repérons deux chaises libres, loin du garçon aux cheveux longs, qui continue de parler à son ami, le regard fixé sur moi.

Je me sens en même temps heureuse et embarrassée. Mon cœur bat à mille à l'heure.

Un petit groupe d'adultes – parmi lesquels Michelle, qui me fait un clin d'œil – est assis autour de la table des profs, derrière le principal. Celui-ci reprend la parole.

— Comme je vous l'expliquais avant que vos deux camarades nous interrompent…

Stella glisse sur sa chaise comme si elle voulait disparaître sous terre.

— Il y a eu un petit changement dans le programme de notre stage cet été. Vous serez répartis en groupes de quatre composé chacun d'un comédien, d'un chanteur, d'un danseur et d'un musicien. Chaque groupe devra organiser un spectacle, qu'il présentera à la fin du stage. Le meilleur sera récompensé par un voyage à Los Angeles, pendant lequel il pourra participer à différentes sélections pour d'importantes productions internationales. Inutile de dire que c'est une opportunité en or qui ne se représentera pas. Le cursus est très exigeant. Sachez d'ores et déjà qu'il vous faudra travailler dur, car on ne fera de cadeau à personne. Vous arriverez épuisés au spectacle. Cela dit, si vous êtes dans cette salle, cela signifie que vous êtes plus doués que les cinq mille autres jeunes gens qui se sont inscrits à l'examen d'entrée et ne l'ont pas réussi. À présent, Mlle Ferranti, votre professeur de danse classique, va procéder à la formation des groupes. Elle tirera au sort le nom d'un élève, qui choisira un camarade de chaque catégorie.

Les seules paroles que j'ai retenues sont « groupe » et « Los Angeles ». J'espère que je vais tomber sur des partenaires doués et sympathiques. Pourquoi pas le garçon aux cheveux longs et son ami ?…

Une dame qui semble plus âgée que le principal à cause de sa maigreur excessive s'approche du micro. Elle a un air très sévère, accentué par des lunettes de vue attachées par un cordon argenté qui pend de chaque côté de la tête. Elle inspire la crainte.

Michelle pose sur la table un récipient en verre plein de petits papiers.

Mlle Ferranti commence le tirage au sort. C'est le nom de la jolie blonde qui sort en premier ; elle choisit les deux garçons sur lesquels j'avais flashé, ainsi qu'un autre, que je n'avais pas vu. Celui aux cheveux longs s'appelle Alessandro, et celui qui a les yeux bleus, James. Le dernier, quant à lui, s'appelle Bruce, et la blonde, Sofia. Quand les garçons la rejoignent au centre de la salle, elle pousse un petit cri et embrasse James.

Peu à peu, les groupes se forment, sans que quiconque s'intéresse à Stella ni à moi. Nous échangeons un regard perplexe.

Au bout d'une demi-heure, Mlle Ferranti annonce :

— Il reste quatre élèves : Federica Lanieri, Stella Abrioni, Andrea Fabrizzi et Giulia Santarelli. Par conséquent, ils formeront le dernier groupe.

Je pousse Stella du coude :

— Tu joues de quel instrument ?

Elle me regarde, étonnée.

— Euh… moi, je suis danseuse.

Attends un peu ! Quoi ? Comment une fille aussi timide peut-elle danser devant tout le monde ? Cela dit, elle a le physique parfait : elle est élancée et très fine.

Nous nous levons pour aller au centre de la salle rejoindre les deux autres.

Giulia, la troisième fille de notre groupe, a un visage rond et un sourire éblouissant. Ses cheveux, courts et soignés, sont blonds ; une frange lui couvre en partie un œil. Elle porte des vêtements moulants qui ne la favorisent pas vraiment, étant donné son embonpoint.

Elle nous serre fort dans ses bras.

— Super ! Je suis heureuse d'être avec vous et Andrea.

Elle désigne un garçon aux cheveux longs et raides et dont la barbe se termine en bouc.

— Voici Andrea, il joue du piano. Il est adorable.

Elle se prend pour qui, pour parler à sa place ? Son manager ?

Je lui tends la main.

— Enchantée. Moi, c'est Effy. Tu es musicien, alors ?

Il me regarde avec un sourire timide, me serre la main, mais n'ouvre pas la bouche.

— Il est sourd-muet, explique Giulia.

Mais… c'est une blague, ou quoi ?

— Il joue du piano comme un dieu, continue-t-elle.

Je suis estomaquée. Mon regard retourne se poser une seconde sur le premier groupe. James et Sofia nous observent et rient à gorge déployée. L'autre garçon, Alessandro, a disparu. En fait, j'ai l'impression que tous les élèves nous regardent en chuchotant et en riant.

— Bien, dit le principal. À présent que tous les groupes sont formés, nous pouvons dîner.

Il claque dans ses mains et plusieurs serveurs en uniforme entrent au fond de la salle en portant des plateaux. Un buffet ; parfait !

Je me sers du ragoût avec des pommes de terre, tandis que Stella picore un peu de salade.

— Je n'ai pas très faim, dit-elle.

Elle est tellement maigre que je me demande comment elle fait pour tenir debout. Je sors mon gâteau et l'oblige à en manger un morceau. Je regarde enfin mes nouveaux camarades. Je dois dire que notre groupe détonne pas mal au milieu des autres…

Une heure plus tard, je suis dans ma chambre.

Giulia et Stella m'ont accompagnée et nous avons bavardé un peu. Giulia dit qu'Andrea est un garçon super intelligent, que tout le monde sous-estime parce qu'il est sourd-muet. Stella ne parle pas beaucoup, mais ses gestes sont si légers et si délicats ! Je l'observe, fascinée : comment fait-elle ?

Une fois seule, j'enfile mon pyjama et je me fais une tresse lâche avant de m'allonger. Je tape le numéro de ma mère et mets le haut-parleur. Sa voix remplit la pièce.

— Ma chérie ! Enfin de tes nouvelles !

Je lui raconte le discours du principal et la formation des groupes.

— Ah, oui ? Et comment sont tes camarades ? Demain, il faut absolument faire une photo de vous et me l'envoyer !

— Ils ont l'air géniaux. Vraiment, je n'aurais pas mieux choisi moi-même.

— Bien, mon cœur, l'important est que tu t'amuses.

Aussitôt après avoir raccroché, j'envoie un message à Isabella.

MOI

Isa, tu ne peux pas t'imaginer la poisse.
Je me retrouve dans un groupe d'asociaux.
Ils sont pires les uns que les autres.
Si j'avais pu choisir, j'aurais pris les deux mecs dont je t'ai parlé.

Elle me répond quelques secondes plus tard :

ISABELLA

Non ! Tu es sérieuse ? Je suis désolée ☹ T'en fais pas, tu auras d'autres occasions de faire connaissance. Moi, je suis avec Lorenzo, on regarde un film. À bientôt, bisous !

Une photo arrive, envoyée par ma mère : c'est Baby, mon chien, qui fixe la caméra, la langue pendante. Petit chou, comme il me manque !

Je regarde par la fenêtre. J'aperçois James, assis seul sur un banc. Je prends mes lunettes de vue dans mon sac : quelle calamité d'être myope !

Il joue de la guitare acoustique, mais il est trop loin pour que je distingue la mélodie. Je reste quelques minutes à l'observer. Il a l'air complètement différent du type qui se moquait de moi avec Sofia. Ses mèches noires bougent au rythme de la musique. Une blonde s'arrête à quelques pas de lui. Je doute que ce soit pour l'entendre jouer… Elle porte un débardeur tout déchiré et une jupe qui lui arrive au ras des fesses. Il la voit et lui fait un clin d'œil. OK, c'est bien le mec qui s'est moqué de nous…

Je referme la fenêtre, tire l'épais rideau et vérifie mes horaires pour demain. J'ai mon premier cours de théâtre à neuf heures. Allez, au lit !

Je suis en train de sombrer dans le sommeil quand j'entends mon portable vibrer.

MAMAN

Bonne nuit, mon cœur. Tu nous manques déjà.
Fais de beaux rêves.

Gagnée par la nostalgie, je fais défiler les photos. Je m'arrête sur celle où je me tiens à côté de mes parents devant la porte de chez nous, juste avant le départ.

Ma mère est très belle. J'aimerais tant lui ressembler. Parfois, je pense que j'ai quelque chose d'elle… Seulement, ce n'est pas possible, en tout cas pas génétiquement. Car ni elle ni mon père ne sont mes véritables parents.

3

Pompeii – Bastille

Thinking Out Loud – Ed Sheeran

Je suis debout devant un pré immense. Des dizaines de familles sont assises sur les couvertures, en train de boire et de manger. Un pique-nique géant. Certains parents rient. Je n'arrive pas à voir leurs visages, tout flous.

Et mes parents ? Où sont-ils ?

J'ai beau chercher, je ne les trouve pas.

Sur une colline, dans le lointain, j'aperçois un enfant. Il doit avoir dans les quatre ans. Il me fait un signe de la main, puis il tourne les talons et s'enfuit.

Pourquoi est-il là-bas, seul ? Il va se faire mal ! Il faut que je le rejoigne…

Soudain, l'herbe sous mes pieds nus devient sèche.

Tout prend feu autour de moi.

Le feu.

L'incendie.

Mes parents.

Je me réveille en sursaut, le souffle court et le front trempé de sueur, les images de ce rêve récurrent toujours vives dans mon esprit.

Je regarde le lit vide près du mien. Ce serait sympa si quelqu'un dormait avec moi : je me sens seule. Je jette un coup d'œil sur mon portable : 5 h 43. Je n'ai plus du tout sommeil.

Me rappelant avoir vu un distributeur automatique à l'entrée, je me lève, enfile mes pantoufles, prends un sweat large que j'ai piqué à Lorenzo l'an dernier, et je sors. Les couloirs sont plongés dans le noir. Tous les films d'horreur me viennent à l'esprit. Je serre les bras autour de ma poitrine : la climatisation est poussée au maximum.

Je descends l'escalier en m'agrippant à la rampe pour ne pas trébucher dans l'obscurité. Je me maudis de ne pas avoir pris mon portable afin d'appeler à l'aide si un monstre apparaît au fond du couloir.

Ouf ! Le hall d'entrée est éclairé par une veilleuse.

Lorsque j'arrive enfin aux distributeurs, je glisse une pièce dans la fente et prends un paquet de biscuits au chocolat.

Mon pied heurte quelque chose. Mais qu'est-ce…

Il y a un corps sur le sol ! C'est Giulia. Elle dort, la tête appuyée contre le distributeur. Elle a dû se lever, elle aussi pour un en-cas nocturne.

Je m'assieds auprès d'elle et je commence à grignoter mes biscuits. Elle marmonne :

— Qui est là ?

Elle parle dans son sommeil. Je pose doucement la main sur son épaule :

— Hé… tu te lèves, ou tu veux finir la nuit ici ?

Je la secoue avec délicatesse.

— Je reste ici, dit-elle, les yeux clos.

Je soupire et la tire par la main pour la relever. Trop lourde ! Au bout de cinq tentatives, je me rends et retourne dans ma chambre. Je prends l'oreiller et la couverture posés sur le lit vide et redescends en courant. Je mets l'oreiller sous la tête de Giulia et j'étends la couverture sur elle. Je l'embrasse sur le front et murmure :

— Bonne nuit.

Quand le réveil sonne, mes paupières sont lourdes. J'ai tellement sommeil que je n'arrive pas à les ouvrir. Comme je n'ai qu'une demi-heure pour me préparer, je me lève. Je regarde le lit voisin et, pendant un instant, je me demande pourquoi il est défait.

— Ah ! Giulia, c'est vrai.

Soudain, je prends conscience que je suis sur le point de connaître les professeurs que je vais avoir ces trois prochains mois et l'angoisse me noue l'estomac.

Je m'habille aussi vite que possible, mets tout ce qu'il me faut dans mon sac et sors, rapide comme l'éclair.

Je descends l'escalier au pas de course. Les autres filles me regardent d'un drôle d'air. Je me rends compte que je ne me suis même pas maquillée. Tant pis ! Je constate avec soulagement que Giulia n'est plus allongée près des distributeurs. Sur la couverture pliée dans un coin, je trouve un petit mot : « MERCI ! » Je souris et le glisse dans ma poche.

Il y a encore un soleil de plomb et on meurt de chaleur, même à cette heure matinale.

Je m'élance vers la cafétéria, accompagnée par le tintement de mes bracelets ; j'aime leur musique. Une fois sur place, je découvre de jolies tables rondes en fer forgé installées sous les arcades. Elles sont toutes occupées. J'entre et je me fraie un passage vers le comptoir, dissimulé par une foule d'élèves qui se bousculent pour être servis.

Je n'ai jamais vu autant de gens affamés ! À l'intérieur non plus, il n'y a pas une seule table libre. Quand je me faufile entre elles, je sens des regards posés sur moi. Ils ont probablement en mémoire mon arrivée tardive à la réunion d'hier soir…

Je suis sur le point d'appeler Stella quand je la vois, assise dans un coin, derrière une colonne, la tête penchée sur un livre. Je slalome entre les tables pour la rejoindre. Plongée dans sa lecture, elle ne me voit pas.

— Stella ?

Elle sursaute et lève les yeux, l'air de quelqu'un qu'on a réveillé brusquement.

— Eh bien, tu es vraiment entrée dans l'histoire !

Elle éclate de rire. Je m'installe en face d'elle. Elle a un chignon parfait, sans un cheveu qui dépasse et porte un sweat léger sur son body bleu ciel.

— Alors ? Qu'est-ce qu'on prend ? dis-je en consultant le menu.

J'ai déjà repéré un muffin au chocolat et un cappuccino à la crème.

— Je vais prendre un jus de fruits pressés et une brioche au blé complet, dit-elle.

— Pitié, dis-moi que tu plaisantes ! Un jus de fruits pressés ? Je ne connais pas !

Elle grimace :

— Je suis danseuse, mon régime alimentaire doit être sain.

Je lui jette un regard :

— D'accord. Moi, je vais prendre un muffin. Tu viens ?

Elle baisse les yeux sur son poignet et se met à jouer avec son bracelet. J'ai dit quelque chose qu'il ne fallait pas ?

— C'est que… j'ai honte d'aller commander.

Comment ça, honte ?

— Bon, alors c'est moi qui vais commander et toi, tu porteras le plateau, OK ?

Elle ne me répond même pas. Je me résigne.

— Très bien, attends-moi là.

Je prends place dans la file d'attente. Devant moi, il y a une fille qui a la moitié de la tête rasée et des tatouages sur l'épaule : pas du tout le même genre que Stella... Quand c'est enfin mon tour, je me retrouve devant la serveuse qui porte un tee-shirt avec l'inscription : « SOURIS ». Rien à voir avec son expression. Elle mâche un chewing-gum en ouvrant grand la bouche et a l'air ennuyée.

— Salut... je voudrais un muffin, un cappuccino à la crème, une brioche au blé complet et un jus de fruits...

« Qu'est-ce que Stella voulait, déjà ? » La fille s'impatiente, la mine agacée.

— Jus de fruits pressés ? intervient un garçon derrière le comptoir.

Il est en train de presser une orange. Il me tourne le dos, mais apparemment, lui m'a entendue.

— Oui, c'est ça ! Un jus de fruits pressés.

La fille hoche la tête et se tourne vers lui :

— Tu t'en occupes, Giacomo ?

Celui-ci pivote. Il a un sourire radieux et des yeux immenses. Je les regarde, fascinée : l'un est vert clair et l'autre bleu ! Il pouffe :

— Oui, je sais, j'ai des yeux spéciaux. Un muffin, une brioche de blé complet, un cappuccino et le jus, hein ?

Il est si joyeux que c'en est contagieux. Je sens ma bouche s'étirer jusqu'aux oreilles.

— Exact ! À emporter, s'il te plaît.

Il prépare la commande avec une rapidité incroyable ! Il glisse le muffin et la brioche dans un sachet et verse les boissons dans des gobelets en carton. Sans oublier la crème dans le cappuccino !

Je le remercie. Je suis sur le point de partir quand il demande :

— Comment tu t'appelles ?

— Effy.

— Ravi de faire ta connaissance, Effy.

Je retraverse tant bien que mal la cohue. Stella est en train de dessiner quelque chose sur la table avec un doigt.

— Enfin ! s'exclame-t-elle.

Quel culot !

— Eh, ce n'est pas ma faute si le serveur s'est mis à bavarder, dis-je en riant.

Elle écarquille les yeux.

— Qui ça ? Giacomo ? Oh ! Il est trop beau.

Stella a rougi, son regard brille. En effet, Giacomo est beau gosse, de ceux qui ne s'en rendent pas compte, avec ça. Tiens, c'est exactement le type de mec qu'il lui faudrait…

Je prends une bouchée de muffin. Quel délice ! Stella me fait goûter son jus de fruits : ce n'est pas aussi dégoûtant que je le pensais, mais ce n'est pas pour moi.

Je n'ai pas encore terminé mon petit déjeuner que Stella a déjà filé vers sa salle comme la plupart des danseuses, qu'on reconnaît à leur chignon. Son cours commence un quart d'heure avant le mien. Elle ne veut pas arriver en retard : c'est sa discipline principale, quoique pas la seule. En fait, chaque élève doit fréquenter également les autres cours, quelques heures par semaine. Demain matin, par exemple, j'ai mon premier cours de danse classique.

Avec Mlle Ferranti… À cette seule pensée, je me sens mal.

Je cherche à chasser de mon esprit l'image terrifiante de cette prof pendant que je marche vers l'école.

Michelle, assise derrière le comptoir du secrétariat me lance, radieuse :

— Salut, ma belle ! Prête pour ton premier jour ?

— Je crois que oui… J'ai tant de livres que je risque de me casser le bras.

Elle se tape le front.

— Flûte, j'avais complètement oublié !

Elle se penche et commence à fouiller dans ses tiroirs.

— La voilà, dit-elle, et elle me tend une clef numérotée. C'est la clef de ton casier. Chaque élève en a un. Tu veux que je t'indique le chemin, ou tu sais où ils sont ?

— Non, merci, je vais me débrouiller.

Les casiers se trouvent au premier étage, non loin des salles de classe. Je repère le mien sans difficulté. Tandis que je range le dernier livre, j'entends une voix derrière la porte ouverte.

— Regardez-moi un peu qui a son casier à côté du mien… Cheveux-Roses !

Je sursaute et referme instinctivement la porte. James est là, appuyé à son casier, les bras croisés.

— Et alors ? dis-je en haussant les épaules.

Il me fixe de ses yeux bleus avec un demi-sourire que plein de filles trouveraient sexy, mais que je qualifie pour ma part d'arrogant. Bon, OK, disons sexy-arrogant.

— Tu as dû implorer Michelle de te donner ce casier.

Qu'est-ce qu'il va s'imaginer, celui-là ?

— N'importe quoi ! D'ailleurs, à la pause, j'irai lui en demander un autre.

Son sourire s'élargit. Ce qu'il peut être antipathique !

— Bien sûr. À plus tard, Cheveux-Roses !

Il me fait un clin d'œil et s'en va.

Grrr ! Je déteste ce surnom.

Il s'éloigne, ses Ray-Ban en équilibre sur la tête, sa veste de cuir noir jetée sur l'épaule et un sac en bandoulière, en cuir noir également. Il porte un tee-shirt blanc moulant, un jean noir déchiré et des Converse All Star noires. Ce mec est certainement très antipathique, mais il sait s'habiller.

Je verrouille mon casier, jette un coup d'œil sur le plan de l'école suspendu au mur et me remets en route dans le large couloir inondé de lumière. Tout est d'une propreté extrême. Les murs et le plafond sont couleur crème et le sol est tellement brillant qu'il reflète les rayons du soleil. La seule touche de couleur est apportée par la rangée de casiers rouges.

Je finis par trouver la salle de théâtre. Des voix me parviennent de l'intérieur. En entrant, je note la particularité de la pièce : une petite scène surélevée, entourée par deux rangées de sièges.

Quelques élèves y sont déjà installés. Je prends place au deuxième rang, près de la fenêtre. Je sors les livres de mon sac et regarde autour de moi : aucun pupitre où les poser.

Je vérifie l'heure : le cours commence dans dix minutes. Je me mets donc à surfer sur Instagram. Je ne m'y suis pas connectée une seule fois depuis mon arrivée ici.

Quelqu'un déplace la chaise près de moi. Une jolie fille s'y assied. Elle a des cheveux blonds attachés en queue-de-cheval et porte des lunettes qui lui vont à merveille. Elle me sourit et je lui souris en retour, elle a l'air sympa. Je suis sur le point de me présenter quand l'entrée de James me fait sursauter.

Pas possible ! Il suit le même cours que moi… C'est bien ma veine.

Il observe la pièce avec un petit sourire de vilain garçon, sa veste de cuir toujours jetée sur l'épaule. À ma vue, son regard brille. Je doute que ça présage quelque chose d'agréable. Par chance, la place à côté de la mienne est déjà occupée. Il se dirige vers la rangée de devant. Tout à coup, il change d'idée et s'approche de ma voisine. Il lui chuchote quelques mots à l'oreille. Elle fronce un sourcil, l'air de ne pas comprendre, puis elle se lève, prend ses affaires et va s'asseoir ailleurs.

Je n'ai pas le temps de la retenir. Il s'est déjà installé près de moi sans un mot. Quel rustre ! Je décide de l'ignorer, moi aussi.

Peu après, un homme entre dans la classe. Il est jeune, porte une chemise au col déboutonné, un jean et plusieurs colliers en bois. Sa barbe de quelques jours et sa fossette au menton le rendent très séduisant.

Il ne ressemble pas du tout aux autres professeurs. Il doit avoir dans les trente-sept ou trente-huit ans, mais il fait super jeune.

Il s'immobilise au milieu de la salle et lance :

— Bonjour, tout le monde ! Bienvenue au cours d'art dramatique avancé. Mon nom est Riccardo Decimi, mais vous pouvez m'appeler Rick : je déteste les formalités. Comme vous le voyez, il n'y a ni bureau ni chaise pour moi. Pendant que l'un de vous se lèvera et montera sur scène, je m'assiérai à sa place comme spectateur. Rassurez-vous, le cursus comporte aussi des cours théoriques, histoire du théâtre et dramaturgie, que vous suivrez ailleurs. Les miens sont entièrement consacrés à la pratique. Ici, nous aborderons les techniques vocales, l'improvisation, la gestuelle et même le système Stanislavski ou la méthode Strasberg. Je suppose que vous avez une bonne maîtrise de la diction. Certains pensent peut-être qu'ils sont déjà des professionnels...

Je jette un regard vers James, qui sourit d'un air satisfait.

— Eh bien, sachez qu'on vient ici pour apprendre, pas pour faire le malin et réciter une petite poésie pour draguer une fille. On est bien d'accord ?

Un « oui » unanime s'élève de la salle.

Rick se frotte les mains.

— Parfait ! Nous pouvons donc commencer. Le temps nous est compté et, comme vous le savez, vous avez tous beaucoup de travail à réaliser avec votre groupe.

J'écarquille les yeux : il veut nous faire monter sur scène dès le premier cours ?

Un garçon qui a un gros grain de beauté sur la joue lève la main.

— Excusez-moi, quel texte devons-nous réciter ?

— Nous nous occuperons de cela quand vous serez prêts. Aujourd'hui, nous allons nous concentrer sur l'improvisation.

Super. Je suis un désastre en matière d'improvisation. Sans scénario ni répliques à donner, je suis perdue. De plus, je ne connais personne ici !...

Rick nous dévisage avec attention l'un après l'autre. Soudain, ses yeux s'illuminent.

Oh, non ! Il regarde dans ma direction.

— Toi, qui ressembles au type de *Grease*. Monte sur scène.

Je soupire de soulagement. James se lève, décontracté, l'air toujours aussi prétentieux. Il glisse ses lunettes dans son col et s'exécute, sans oublier de faire un clin d'œil aux filles du premier rang.

Je suis curieuse de le voir jouer.

— Comment tu t'appelles ? demande Rick.

— James, monsieur.

Une fille derrière moi lâche un petit rire et chuchote :

— Comme si on ne le savait pas...

— Bien, James. Maintenant, choisis un camarade qui improvisera avec toi.

Le regard de James se pose sur moi. Voilà, je le savais. Pitié, non !

Il fait semblant de réfléchir quelques secondes, puis dit :

— Federica.

Comment il connaît mon prénom ? Ah, oui ! la réunion d'hier soir.

Je le rejoins sur scène.

— Je préfère Effy, si ça ne t'ennuie pas.

Nous regardons tous deux Rick dans l'attente d'instructions. Mon cœur bat à tout rompre. J'étudie le théâtre depuis plusieurs années, mais être dans cette école est mon rêve de toujours…

Rick a les yeux fixés sur le sol. J'ai l'impression qu'une éternité s'écoule avant qu'il reprenne la parole.

— Trouvé ! Effy, toi, tu es assise sur un banc en train de lire un livre. James n'arrête pas de te parler et tu le traites de haut en disant que tu as un petit copain. Tu dois être convaincante, que ce soit vrai ou non.

Ah… Je m'attendais à quelque chose d'un peu plus compliqué, pas à une petite scène pour des gamins de dix ans. Après tout, c'est lui, l'expert. Et puis, cette histoire nous va tellement bien que je n'ai pas besoin de jouer la comédie. Le garçon au grain de beauté me passe un livre et une chaise, que je place dans un coin de la scène. Je m'assieds, croise les jambes et fais semblant de lire.

— Action ! s'exclame Rick.

James s'approche.

— Salut, beauté !

Sans lever les yeux de mon livre, je réponds d'un ton détaché :

— Salut.

— Qu'est-ce que tu es en train de lire ?

— Un livre, comme tu vois.

Un petit rire s'élève des rangs de nos camarades.

— Ça te dirait d'aller prendre un café ?

Je referme mon livre et lui jette un coup d'œil furieux.

— Si tu as envie d'aller boire quelque chose, vas-y, moi, j'ai des choses plus intéressantes à faire. En passant, j'ai déjà un mec.

Je lui adresse un sourire sarcastique et me lève pour partir, mais il m'attrape par le poignet et m'attire à lui. Nous sommes carrément l'un contre l'autre. Son souffle m'effleure.

— Moi aussi, j'ai déjà quelqu'un. Je te propose juste de prendre un café, pas de sortir avec moi. Donc…

Tout à coup, James me prend par les hanches, me soulève et me charge sur son épaule. Je commence à crier et à lui asséner des coups de poing dans le dos en hurlant :

— Lâche-moi !

Rick se lève, amusé, et applaudit.

— Bien, les enfants ! Je dois admettre, James, que si j'étais une fille, je n'aimerais pas me retrouver dans cette situation avec toi.

Les autres rient et James me repose enfin à terre.

Quand la sonnerie retentit, je suis de bonne humeur. Pour un premier cours, ça s'est plutôt bien passé. Je m'apprête à sortir de la salle quand James s'approche de moi.

— Dis donc, j'espère que tu ne te fais pas d'illusions. C'était juste un exercice d'improvisation, un point c'est tout. Tu ne m'intéresses pas du tout…

C'est une blague ou quoi ? Un camarade qui nous dépasse nous lance un regard amusé. Je sens mes joues s'embraser. Je gifle James sans réfléchir. Incrédule, il passe sa main sur sa joue rougie. Je regrette aussitôt ma réaction, puis je repense à ce qu'il m'a dit et le sentiment de culpabilité disparaît. Il se prend pour qui ? Leonardo Di Caprio ? Je fais volte-face et je m'en vais.

Dehors, des élèves sont en train de lire une affiche collée au mur : ce soir, il y a un feu de camp sur le terrain derrière l'école. Tout le monde y est invité. J'envoie un message au groupe WhatsApp que j'ai créé hier soir avec Giulia, Stella et Andrea.

MOI

Hé, tout le monde ! Qui vient ce soir au feu de camp ? ☺

STELLA

Pas envie.
J'ai une chorégraphie
à préparer pour demain.
Je suis désolée.

MOI

Bon… OK, pas de problème ☺ Andrea, Giulia ?

ANDREA

Je suis là avec Giulia et nous non plus, ça ne nous dit rien. Être au milieu de la foule, ce n'est pas notre truc. Vas-y, toi, on te rejoindra peut-être plus tard.

Je soupire. Il est évident que personne ne m'y rejoindra, mais je décide quand même d'y aller. J'ai envie de rencontrer d'autres personnes et de passer une soirée un peu différente. Et puis, de toute façon, qu'est-ce que je risque ?

4

▶ Bonfire Heart – James Blunt

Je suis dans ma chambre, en train de choisir mes vêtements. Le feu de camp commence dans dix minutes et je ne sais toujours pas comment m'habiller. Au dîner, Stella m'a suggéré de mettre une jupe en jean, mais je ne vois pas ce que je pourrais porter avec. Sur mon lit, tee-shirts, shorts et robes s'amoncellent en un tas informe.

Je finis par trouver une robe blanche dans ma petite valise, que je n'avais pas encore défaite. C'est ma mère qui me l'a offerte pour mon anniversaire ; elle est vraiment belle.

Je la passe et je m'admire dans le miroir. Elle est serrée à la taille, laisse les épaules nues et dégage un décolleté en cœur. La jupe ample descend jusqu'aux genoux, avec de grands volants, bordés d'une dentelle magnifique, qui virevoltent chaque fois que je tourne sur moi-même.

Je me coiffe en vitesse, enfile mes Vans noires au lieu de chaussures à talons hauts, pour casser le côté élégant. J'attrape une veste en cuir qui, pendant quelques secondes, me fait penser à James, et un petit sac à main, lui aussi en cuir noir, muni d'une chaîne argentée pour le mettre en bandoulière.

En été, je ne me maquille pas beaucoup ; ce soir, je ne fais pas exception : un trait de crayon noir sous les yeux, un peu de brillant à lèvres, et je suis prête. Je descends l'escalier, toute contente. Je me demande qui sera là. Probablement tout le monde, sauf ceux de mon groupe… J'espère que Michelle viendra, elle aussi : elle me tiendrait compagnie si je suis seule.

Dehors, l'air frais me caresse la peau. C'est une sensation très agréable après la chaleur des derniers jours. Divers petits groupes se dirigent vers le terrain, je les suis. Une fois sur place, je reste bouche bée. Il y a plusieurs feux de camp, entourés de gros troncs, déjà occupés. Les gens discutent et font griller des Chamallows. Le ciel est plein d'étoiles, je n'ai jamais vu un tel spectacle.

Je me dirige vers le seul feu où il n'y a personne. Si Michelle passe par là, je vais lui demander de me présenter quelqu'un. Je m'assieds en me frottant les mains. Je prends un Chamallow dans une boîte, je le glisse sur une brindille et regarde la guimauve se colorer peu à peu. Une odeur de bois brûlé flotte dans l'air. Le feu crépite, les étincelles fusent pour ensuite s'éteindre en voltigeant doucement vers le sol.

Une voix toute proche me dit : « 'Soir ! » Je sursaute, surprise.

— Pardon, je ne voulais pas te faire peur.

Un garçon s'assied près de moi. Ce n'est pas n'importe quel garçon ! Je lui souris et mon cœur bat plus fort.

Il me tend la main.

— Enchanté. Alessandro.

Comme si je ne le savais pas déjà…

Je lui serre la main et réponds :

— Effy.

J'aime ses longs cheveux châtains. La lumière du feu fait briller ses yeux verts ; ils sont si profonds qu'on pourrait s'y perdre. Quand il sourit, deux adorables fossettes apparaissent sur ses joues. Il est craquant.

— Pourquoi tu restes là, toute seule ?

Je fixe le feu quelques instants.

— Mon groupe n'avait pas envie de venir. Et je ne connais personne d'autre…

Le sourire qu'il m'adresse a quelque chose de magnétique. Il vient de me rejoindre et pourtant j'ai l'impression de le connaître depuis toujours, qu'un regard suffit pour qu'on se comprenne, sans avoir besoin de parler.

— Viens ! Mes amis et moi, on était en train de jouer un morceau.

Il me prend par la main pour m'aider à me lever. Pendant qu'on se met en route, je demande :

— C'est quoi, ton cours principal ?

— Chant.

— Tu chantes depuis longtemps ?

— Plus ou moins.

Notre dialogue s'arrête là : nous sommes arrivés.

James, Sofia et le troisième garçon de leur groupe bavardent en riant aux éclats autour d'un feu. James a apporté sa guitare. Des timbres de tous les pays du monde recouvrent partiellement l'instrument, comme s'il appartenait à un globe-trotter.

Sofia est appuyée contre son épaule. L'autre mec est assis sur le tronc en face d'eux.

— Voici Effy, dit Alessandro.

Ils cessent de rire et me font des signes de bienvenue. Je pensais que James allait mal m'accueillir, mais non, il me fait l'un de ses habituels sourires accompagné d'un clin d'œil.

— Salut, voisine de casier. Comment ça va, Cheveux-Roses ?

Je le regarde, sidérée : je l'ai pourtant giflé. Est-il possible qu'il s'en fiche à ce point ?

Sofia lance, l'air surprise :

— Je ne savais pas que vous vous connaissiez.

Je m'empresse d'expliquer :

— On suit ensemble le cours de théâtre.

James dérobe la casquette de base-ball de l'autre garçon et se la met sur la tête, puis plaque un baiser sur le front de Sofia, qui, rassurée, se lève. Elle fait une révérence théâtrale et se présente.

Ses cheveux blonds légèrement ondulés lui tombent aux épaules. Elle a de magnifiques yeux bleus. Elle porte du rouge à lèvres et des boucles d'oreilles en forme de dauphin qui brillent. Sa robe en stretch, rouge et plus courte que la mienne, épouse son corps en mettant en valeur ses formes parfaites.

Leur copain saute sur ses pieds et me serre la main :

— Moi, c'est Bruce.

Il porte un tee-shirt de basket et, à en juger par son accent, il est américain. Il a des cheveux blonds coupés court, un regard profond et un sourire apaisant. Il donne l'impression d'être quelqu'un de gentil et digne de confiance.

Tout le monde se rassied. Je m'installe près d'Alessandro, bizarrement très à l'aise. J'écoute Sofia qui n'est pas aussi antipathique que je pensais. Elle me fait des compliments sur la couleur de mes cheveux, qui d'après elle me va bien.

Quand James commence à jouer, je me demande pourquoi il n'a pas choisi le cours de musique : il est doué.

Je me tourne vers Bruce.

— C'est pas toi, le musicien du groupe ?

Bruce, qui est en train de griller un Chamallow, hoche la tête. Puis il se passe la main dans les cheveux, l'air embarrassé.

— Si… Sauf que là, je crois que je devrais céder ma place à James.

— Jaloux, va ! plaisante Alessandro.

J'aime bien Bruce. Il a l'air vulnérable, on a envie de le protéger. Ce ne doit pas être facile de faire partie d'un groupe quand les autres sont manifestement meilleurs amis depuis longtemps.

— Ben, si Bruce a été admis au cours de musique, c'est qu'il est super, dis-je pour le défendre.

Je fais un clin d'œil à Alessandro, qui me passe un bras autour des épaules en riant. Il le fait avec tant de naturel que je ne me sens pas du tout mal à l'aise.

La soirée se poursuit tranquillement. L'ambiance est très agréable, comme si nous étions amis depuis toujours. Le seul qui parle peu, c'est Alessandro. De temps à autre, je le surprends à me regarder à la dérobée. Bruce nous raconte quelques anecdotes de sa vie aux États-Unis et évoque avec humour les différences entre nos deux pays.

Les États-Unis d'Amérique : comme j'aimerais aller dans le pays où tout est possible ! Les jeunes des séries TV semblent heureux, ils fréquentent des écoles géniales, situées dans des parcs, ils ont une radio au lycée et même un journal… J'en ai toujours rêvé.

— Une fois, j'étais à une fête chez des amis, raconte Bruce. Je tournais dans les couloirs à la recherche d'un pote quand j'ai vu un énorme python jaillir d'une bibliothèque à hauteur de mon visage. J'ai hurlé tellement fort qu'ils ont pensé que j'avais vu un fantôme.

Je me tords de rire en imaginant Bruce qui court comme un fou pour échapper au serpent.

Soudain, une main effleure mon épaule et j'entends quelqu'un lancer :

— Hé ! Regardez-moi qui est là : cappuccino à la crème !

Je me retourne : c'est Giacomo. Je me lève et je l'embrasse sur les deux joues.

— Effy, je te rappelle. Salut, Giacomo !

Il se présente aux autres et nous nous mettons tous à bavarder. À onze heures, je saute sur mes pieds : demain, j'ai mon premier cours de danse classique.

— Il est super tard ! Je dois y aller.

Alessandro est sur le point de dire quelque chose, mais Giacomo le devance :

— Si tu veux, je te raccompagne.

Alessandro me fait un signe de la main avec un sourire un peu déçu. Moi aussi, j'aurais préféré que ce soit lui qui me tienne compagnie. Sofia m'envoie un baiser et Bruce me salue de loin. James ne me regarde même pas, il continue de gratter sa guitare. Sympa, comme toujours.

À présent, il fait presque froid. Une légère brise s'est levée. Les feuilles du saule qui se dresse au centre du terrain s'agitent doucement ; c'est apaisant de les regarder.

Nous marchons en silence quelques instants. C'est un peu embarrassant.

— Comment tu te sens, ici ? demande tout à coup Giacomo en me fixant de ses yeux vairons incroyables.

— Ça va, mais c'est encore un peu tôt pour faire le bilan. Et toi ? Depuis combien de temps tu travailles ici ?

— J'ai commencé cette année. Le principal est un ami de mon père.

— Vraiment ? Quelle chance !

Il se passe la main sur la nuque, un peu gêné.

— Ben, en réalité, ça ne m'est d'aucune utilité. Moi, je ne suis pas un artiste comme vous. Mais le travail à la cafèt' n'est pas mal.

Le silence retombe. Aucun de nous deux ne sait plus que dire.

— C'était ton groupe ? se lance-t-il au bout d'un moment.

— Non, je viens juste de faire leur connaissance. Mes copains n'ont pas pu venir. Dommage, car il y a une fille super sympa dans mon groupe. Je te la présenterai demain au petit déjeuner.

Giacomo hoche la tête sans enthousiasme.

Aïe… On dirait que c'est plutôt moi qui l'intéresse. Il est gentil, et mignon aussi, mais ce n'est pas mon type.

Une fois devant mon dortoir, il m'embrasse sur la joue, ne s'en va pas.

La situation devient franchement gênante. Il est clair qu'il attend quelque chose de plus. Vite, je lance :

— Ben, salut, alors !

Je m'engouffre à l'intérieur pour ne pas lui laisser le temps de répliquer.

Je monte dans ma chambre, je mets mon pyjama préféré, celui qui a des hamburgers dessinés dessus, et je plonge sur mon lit en un saut de l'ange gracieux. Et qu'on ne s'avise pas de me dire que j'ai plutôt l'air d'un hippopotame qui se précipite dans un ravin !

Je me connecte sur WhatsApp.

MOI

Isa, tu es là ?

ISABELLA

Salut ! Ça va ? Pk t'es réveillée à cette heure-ci ?

Je rigole : avant de partir, j'avais dit que je me coucherais tous les soirs à dix heures pour rester en forme.

MOI

On a eu une sorte de fête.
Devine qui est venu me tirer de ma solitude ?
Alessandro le type aux cheveux longs ! J'ai revu aussi l'autre mec, James. Ce soir, il était moins prétentieux.
En fait il était plutôt sympa…

ISABELLA

Sérieusement ?! Génial !
Un jour, il faudra que tu me les présentes.

MOI

Je te rappelle que tu as déjà un mec.
Lorenzo, ça te dit quelque chose ?

ISABELLA

Justement, à propos de lui…

Là-dessus, elle m'envoie un message vocal de cinq minutes dans lequel elle me dit qu'ils se sont disputés cet après-midi. D'après ce que je comprends, Lorenzo lui a posé un lapin en prétendant qu'il avait un déjeuner de famille, mais elle a su par un copain qu'ils étaient à la plage avec d'autres filles. J'enregistre un message de réponse où je lui conseille d'essayer de parler à Lorenzo pour lui demander des explications.

Ça ne m'étonne pas qu'ils se disputent pour des trucs pareils, elle est complètement parano. Ce n'est pas la première fois.

On se souhaite bonne nuit et j'éteins mon portable. Une longue journée m'attend demain.

5

Shake It Off – Taylor Swift

Un rayon de lumière entre par les rideaux entrouverts et illumine la pièce.

Cela pourrait avoir un côté poétique, si ce faisceau lumineux n'atterrissait pas juste sur mon visage, m'arrachant au sommeil une demi-heure avant la sonnerie du réveil.

Le problème, c'est que le matin, je ne suis pas du tout de bonne humeur. Je m'assieds, furieuse, et je me penche pour regarder au-dehors sans quitter mon lit, collé à la fenêtre.

Je vois un groupe de garçons qui jouent déjà au ballon. Je plisse les yeux : l'un d'eux est Pietro, qui suit le même cours de théâtre que moi. Rick l'a fait jouer après James et moi : il était tellement bon que j'en ai eu des frissons.

En deux jours, j'ai pu recueillir pas mal d'infos sur les autres. Il y en a plein qui sont super doués.

Par exemple, Lola, une danseuse spécialisée en acrobaties. Hier soir, Stella et moi avons regardé les vidéos qu'elle a publiées sur Instagram : elle est franchement impressionnante.

Il y a aussi Manuel, un youtuber qui a presque un million d'abonnés. Quand il marche dans les couloirs, toutes les filles bavent. Je dois dire que, quand il fait son show, il est excellent. Il a l'air sympa, mais est très réservé. Il reste toujours avec son groupe : le seul de nous à qui il ait déjà parlé, c'est James, peut-être parce qu'ils ont tous les deux un tas de filles qui leur courent après.

Finalement, je ne me lève de mon lit qu'au moment où mon réveil sonne.

J'essaie de me faire un chignon correct qui ressemblerait à celui que Stella se fait en quelques secondes, comme si c'était la chose la plus simple au monde. Après plusieurs tentatives, je finis par me rendre : si je continue, je briserai le miroir de rage. Je prends le grand sac que j'ai préparé pour le cours de danse et me précipite dehors. Je suis très en retard ; j'envoie un message à Stella pour lui dire que je saute le petit déjeuner. On se verra dans la classe.

En traversant le hall au pas de course, je salue Michelle, qui discute avec quelques élèves. Je regarde ma montre : oh non ! il ne reste qu'une minute. J'accélère encore.

Dans la salle, toutes les filles sont déjà assises par terre en train d'enfiler leurs chaussons – des chaussons que, moi, je n'ai pas apportés. Je reste quelques secondes à les observer. Apercevant Stella, je vais m'asseoir en face d'elle.

— Bonjour ! J'ai deux questions à te poser.

Stella ne me regarde pas, trop concentrée à mettre du talc sur ses pieds.

— Vas-y.

— Primo : pourquoi la prof n'est pas encore là ?

— Bon, d'abord, si tu ne veux pas qu'elle t'écorche vive, tu dois l'appeler « mademoiselle Ferranti ». Ensuite, elle nous laisse toujours dix minutes pour nous équiper.

— Secundo : comment tu fais pour supporter cet instrument de torture que tu as aux pieds ?

Stella éclate de rire, se lève avec aisance et se met sur les pointes. Je me demande comment elle peut rester en équilibre sur ces trucs qui semblent durs comme de la pierre. Je la regarde, admirative.

— Ne t'inquiète pas, tu n'auras pas à les mettre si tu n'as jamais fait de danse classique. Tu as de la chance ! Nous, on va suer sang et eau parce que c'est notre cours principal ! Toi, tu es là juste pour connaître les bases.

Elle a raison. Je n'aimerais pas du tout être à leur place : l'exercice physique, ce n'est pas fait pour moi.

À ce moment-là, une main se pose sur mon épaule.

— Tiens, je ne savais pas que tu suivais ce cours…

C'est Sofia. Elle arbore un chignon parfait et porte un body moulant qui met en valeur sa poitrine et sa taille de guêpe. Elle est superbe. Soudain, je me sens comme une baleine échouée sur le sable.

— Ah ! moi non plus, je ne savais pas que tu le suivais.

Stella est déjà en train de s'étirer à la barre et de faire des mouvements que je croyais impossibles. Il faudra que je revoie l'anatomie humaine…

— Désolée, il faut que j'y aille, dis-je à Sofia.

Je rejoins Stella, qui affiche un air sombre.

— Hé ! On peut savoir ce que tu as ?

Elle me regarde et soupire.

— Comment tu fais pour lui adresser la parole, à celle-là, sans avoir la migraine ? C'est la nana la plus antipathique que j'aie jamais rencontrée !

Je la regarde, stupéfaite. Si Stella, douce et adorable, dit ça, c'est que Sofia doit lui avoir fait quelque chose de grave… Je suis sur le point de le lui demander quand j'entends la porte se refermer brusquement. Je sursaute : Mlle Ferranti vient d'arriver ! Derrière elle se tient Andrea. L'air surpris de me voir ici, il me fait un geste de la main. Quand il croise le regard de Stella, il lui fait un large sourire.

Il s'installe au piano qui trône au fond de la salle. La prof n'a pas encore dit une parole, ni souri depuis qu'elle est entrée. Il n'y a qu'une seule autre fille qui semble aussi égarée que moi ; plutôt petite, elle a des cheveux noirs attachés pêle-mêle et une frange qui ne cesse de lui tomber dans les yeux. Elle non plus n'a pas de chaussons de danse, elle doit être dans mon cas.

La prof s'assied dans un imposant fauteuil au centre de la salle et lance :

— Alors, il y a deux nouvelles, n'est-ce pas ? Les élèves des autres disciplines fréquentent nos cours à tour de rôle, par petits groupes de deux ou trois, pour connaître les bases de la danse et du mouvement corporel. Approchez-vous, je vous prie.

Je fais un pas en avant, imitée par la fille à la frange.

— Comment vous appelez-vous ?

Je réponds la première :

— Effy.

La prof me regarde, perplexe.

— Effy ? Et tu as un nom de famille ?

Je m'éclaircis la voix.

— Oui, Lanieri. Federica Lanieri, mais tout le monde m'appelle Effy.

— Cela concerne tes amis ! Donc ici, tu seras Federica. Et toi ? demande-t-elle à l'autre fille.

Celle-ci balbutie :

— A-antonella.

— Parfait. Allez à la barre toutes les deux et commencez par des pliés. Je vous donnerai d'autres indications par la suite. Les autres… piqué !

Pli-quoi… ?

Je me place contre la barre, près de Stella. Pendant qu'Andrea commence à jouer, je regarde autour de moi, perplexe : je n'ai pas la moindre idée de ce qu'est un plié. Je rejoins Stella.

— Dis, qu'est-ce que je dois faire ?

Sans s'arrêter, elle s'assure que Ferranti ne regarde pas de notre côté et change de position. Elle met ses pieds en canard et descend en faisant une sorte de révérence à la verticale. Elle est d'une élégance incroyable.

— Merci, je crois que j'ai compris.

Stella esquisse un sourire et reprend son… bref, ce qu'elle faisait auparavant. J'essaie de réaliser ce plié, mais c'est plus compliqué que je ne pensais. J'ai déjà mal aux cuisses et je me sens tout sauf gracieuse.

Ferranti se lève de son fauteuil et vient vers moi avec une expression sévère. Mon sang se glace.

— Qu'es-tu en train de faire ?

— Un… plié ?

Ma réponse sonne davantage comme une question.

La prof lève les yeux au ciel et tape dans ses mains. Toutes les filles s'immobilisent.

— Sofia, viens ici !

Sofia se détache de la barre et vient vers nous, le dos droit comme un I et le pas léger. Elle sourit.

— Sofia, montre à ta nouvelle camarade comment on exécute un plié, je te prie.

Sofia prend ma place et, comme s'il s'agissait de la chose la plus naturelle au monde, fait ce qu'on lui a demandé.

Je n'y arriverai jamais !

Si ça se trouve, Stella déteste Sofia parce que celle-ci est la chouchoute de la prof. Pourtant, je ne pense pas qu'elle attache de l'importance à ce genre de choses.

Je m'acharne encore et encore, pour entendre toujours que je suis trop raide et que je n'approfondis pas les mouvements. Qu'est-ce que je fais là ?

Quinze heures plus tard – il paraît qu'il ne s'est écoulé qu'une heure, mais j'ai du mal à le croire –, la sonnerie retentit enfin.

Morte de fatigue, je me retiens de hurler de joie. Antonella et moi, on quitte la barre précipitamment pour aller prendre nos sacs. Les autres restent là ; elles ont encore cours pendant une heure et demie. Avant de sortir, je m'arrange pour attirer l'attention de Stella et lui fais comprendre que nous parlerons au déjeuner. Elle hoche la tête et reprend ses pirouettes.

Une fois dehors, Antonella et moi regardons autour de nous. Où est-ce qu'on peut se changer ? Personne ne nous l'a dit.

— Je file, j'ai histoire de la musique dans cinq minutes, dit ma camarade d'infortune avant de se sauver.

Tandis que je cours dans les couloirs, désormais en retard, je rencontre Sofia. Elle, elle s'est déjà changée et n'a pas une goutte de sueur sur la peau. Selon moi, une fille comme elle ne transpire jamais.

— Sofia ! Qu'est-ce que tu fais déjà ici ? Je pensais que tu devais rester au cours de danse.

— En théorie, oui, mais j'ai réservé le théâtre pour faire des tests acoustiques avec mon groupe. C'était le seul créneau horaire disponible. Et toi, qu'est-ce que tu fais encore... dans cette tenue ?

Elle me regarde en grimaçant. Si cela avait été Stella qui avait demandé à sortir avant, je parie que Mlle Ferranti lui aurait ri à la figure.

Je réponds :

— En fait, je suis en train de chercher un endroit où me changer.

Sofia hésite un instant avant de lancer :

— Oh, ma pauvre ! Viens, je vais te montrer le chemin.

Elle me prend sous le bras et me guide le long du couloir jusqu'à une large porte bleue portant l'inscription « VESTIAIRES ». Ce n'était pas si difficile à trouver…

— Voilà, dit-elle. Maintenant, je dois filer, on se voit plus tard !

J'entre dans les vestiaires : il n'y a personne.

Je vois plein de bancs et de casiers, et les douches dans le fond. Je pose mon sac par terre et me déshabille. Il n'existe pas de sensation plus agréable qu'un bon jet d'eau fraîche sur la peau après une activité physique !

Je suis en train de rincer l'après-shampooing quand j'entends la porte qui s'ouvre. Plusieurs voix résonnent dans la pièce.

Mais ce ne sont pas des voix féminines…

C'est pas vrai !

Je suis dans le vestiaire des garçons !

6

Really Don't Care – Demi Lovato

J'ouvre le rideau juste ce qu'il faut pour glisser la main dehors et attraper ma serviette, puis je me couvre du mieux que je peux. Je respire à fond et je sors en répétant en boucle :

— Désolée, désolée, pardon, désolée.

D'une main, je tiens la serviette ; de l'autre, je me couvre les yeux pour ne regarder que le sol et ne pas trébucher. Je prie pour qu'aucun des garçons ne soit nu. Ils sont au moins vingt et, même si je ne vois que leurs pieds, je sais qu'ils me regardent bouche bée.

Soudain, j'entends quelqu'un s'écrier :

— Hé, les mecs ! mais qu'est-ce que vous regard…

Il s'interrompt tout à coup.

Je lève les yeux et je vois son visage.

— Effy ? Mais qu'est-ce que…

Je ramasse mes affaires et fonce vers la porte, les yeux remplis de larmes.

— Va le demander à ta petite amie !

James ouvre la bouche pour dire quelque chose, mais je le bouscule et je sors, me retrouvant une nouvelle fois au milieu du couloir.

Sauf que, là, je suis complètement trempée et tout juste couverte d'une serviette-éponge. Je ne peux même pas mettre mes vêtements sans faire tomber la serviette. Je prends mon portable et, d'une main, fais le numéro de Giulia. J'espère qu'elle n'est pas en cours.

Elle répond après trois sonneries.

— Allô ? Effy ?

— Tu es en cours ?

— Non. Mais qu'est-ce qui se passe ? Tu as l'air bouleversée ! Où es-tu ?

— Devant les vestiaires des garçons au premier étage, à moitié nue... Viens tout de suite !

Un type sort par la porte bleue et me lance un regard amusé. Je supplie silencieusement. « Je t'en prie, fais vite ! »

Giulia arrive quelques minutes plus tard en compagnie de Michelle. Quand elles me voient, trempée et en pleurs, elles restent pétrifiées un instant. Puis Michelle se précipite vers moi et me serre dans ses bras. Elles ne me demandent rien et me conduisent aux vestiaires des filles, un peu plus loin.

— Tu peux me dire ce que tu faisais, à poil, devant le vestiaire des garçons ? demande Giulia d'un ton mi-préoccupé, mi-amusé.

Maintenant que je suis en sécurité, moi aussi j'ai presque envie de rire.

— Je devais me changer après la danse et Sofia m'a désigné ces vestiaires. Pendant que j'étais sous la douche, tous les garçons sont arrivés.

— Quoi ? s'emporte Giulia. Celle-là, je vais l'étrangler, je te jure ! Déjà que je ne supporte pas ce petit sourire... Je vais m'occuper d'elle, et on va voir si elle sourit toujours !

— Non, Giulia, c'est moi qui vais m'en charger. Et puis, peut-être qu'elle ne le savait pas…

« Tu parles, je n'y crois pas du tout », me dis-je.

Giulia éclate de rire.

— Je te rappelle que son petit copain se change dans ces vestiaires. Elle doit avoir passé là-dedans plus de temps que tous les garçons réunis !

La matinée est désormais terminée. Je m'habille, puis je monte dans ma chambre. Je me regarde dans le miroir : j'ai les yeux rouges et mes cheveux, qui ont séché à l'air libre, sont une masse désordonnée.

Je me jette sur mon lit. Je repense à James et à sa réaction quand il m'a vue. Il ne souriait pas et ne semblait pas non plus indifférent comme d'habitude. Il avait plutôt l'air désolé pour moi…

Nan, impossible !

Mon estomac gronde et me rappelle que la pause déjeuner aura lieu dans une demi-heure. Je n'ai pas envie d'aller au self, je suis encore secouée par ce qui s'est passé. J'envoie un message à Stella.

MOI

J'ai eu un contretemps. Je ne peux pas venir déjeuner.
Je vais prendre un sandwich à la cafèt'. On se voit au dîner ?

La cafèt' est déserte. Seul un homme est assis à une table. Il a la trentaine : sans doute un prof. Derrière le comptoir, Giacomo frotte une assiette avec une éponge. Je lui souris.

— Salut !

Il me regarde, surpris, avant de me rendre mon sourire.

— Salut ! Qu'est-ce que tu fais ici ?

Je lui sers la première excuse qui me vient à l'esprit :

— Je suis allée au premier cours ce matin, mais je ne me sentais pas très bien, alors je suis retournée dans ma chambre pour me reposer. Et maintenant, je n'ai pas envie d'aller au self.

Il hoche la tête, compréhensif.

— Ça se voit à ta tête que tu n'es pas bien.

Ça me rassure drôlement…

— Si tu te sens mieux cet après-midi, ça te dirait d'aller faire un tour sur la colline ? On y a une vue spectaculaire sur le coucher du soleil.

Je réfléchis : est-ce une bonne idée ?

Je suis sur le point d'accepter, quand mon portable vibre. Un message de Stella apparaît sur l'écran.

STELLA

Pas de problème.
On se voit ce soir.

— Merci, Giacomo, mais ça ne me dit rien de sortir. Et puis, j'avais promis à ma mère que je l'appellerais… Si tu veux, on peut y aller un autre jour ; comme ça, je demanderai à Stella de nous accompagner. Qu'est-ce que tu en dis ?

Si avec ça, il ne comprend pas…

En fin de journée, je suis fatiguée et un peu démoralisée. J'ai rendez-vous avec mon groupe au self avant le dîner. Quand j'y arrive avec Giulia, Stella et Andrea sont déjà assis à une table. Stella a un calepin et un stylo à la main, elle est en train d'écrire quelque chose. Je m'installe à côté d'elle pendant que Giulia prend place près d'Andrea.

Je demande :

— Qu'est-ce que vous faites ?

Andrea indique l'intitulé de la page : *HEURES LIBRES POUR LES RÉPÈTES*.

— C'est une sorte de programme. Demain, nous avons une heure avant le déjeuner pour répéter, explique Stella. J'ai assisté par hasard à deux minutes des répètes du groupe de Sofia... Ils sont tous plus forts les uns que les autres !

Giulia hoche la tête.

— Moi, ce matin, en cours, j'ai entendu Alessandro chanter... Les filles, celui-là, en plus du fait qu'il est incroyablement beau gosse, il a une voix à tomber !

Mes joues s'embrasent. Alessandro et Bruce sont les seuls de leur groupe que je n'aie ni vus ni entendus à l'œuvre.

Andrea prend son portable et tape un message, à toute vitesse. Quelques secondes plus tard, nos portables vibrent à l'unisson.

ANDREA

On parle du spectacle maintenant ?
☺ Vous avez des idées ?

On se regarde tous les quatre sans savoir quoi dire.

— Ben, c'est difficile de monter un spectacle avec un seul représentant de chaque catégorie, fais-je.

— C'est ce qu'ils veulent faire, nous mettre à l'épreuve, observe Stella.

Je reprends :

— Il faut trouver une histoire à raconter. Nous, les trois filles, on pourrait jouer le même personnage qui s'exprime de trois manières différentes.

Andrea suit la conversation en lisant sur nos lèvres. Rien ne lui échappe.

— Et si on faisait une comédie musicale ? propose Giulia. Moi, je pourrais faire la déesse, et vous mes fées.

Andrea écrit sur WhatsApp :

ANDREA

Bien sûr, et moi je fais l'ignoble gobelin qui veut vous tuer.

Stella et moi éclatons de rire. Giulia nous foudroie du regard.

Je me lance :

— On pourrait faire une comédie musicale sur l'école. Trois feraient les élèves, et le quatrième, le prof, proposé-je.

— Ce n'est pas mal comme idée, commente Stella.

ANDREA

Mais moi, je veux danser !

Stella le regarde avec un petit sourire. Je me demande s'il n'a pas plaisanté qu'à moitié…

Nous continuons de discuter du spectacle jusqu'à l'heure du dîner. Aujourd'hui, le menu du self ne propose que des plats vegan et bio. Il nous faut quelques minutes pour convaincre Stella, mais finalement, elle cède et nous allons tous les quatre à la cafèt'.

Lors du dîner, nous en venons à parler de ce qui s'est passé aux vestiaires. Stella finit par exploser.

— C'est exactement ce que je voulais dire ! Tu ne dois pas faire confiance à Sofia. Elle est horrible, Effy, vraiment. Je n'arrive pas à croire qu'elle t'ait fait ça… Moi, je serais morte de honte.

En effet, je crois que Stella serait restée enfermée dans la douche jusqu'à la fin de ses jours…

Quand je retourne dans ma chambre, je trouve un petit mot sur le sol, devant ma porte. Un numéro de téléphone y est écrit, suivi d'un message.

TEXT ME.
Alessandro

P.-S. L'anglais, c'était pour avoir l'air cool… Tu m'écris quand même ? ☺

Je souris comme une idiote. Je prends mon portable pour sauvegarder le numéro. Seulement, je vais attendre un peu avant de lui écrire : il vaut mieux se faire désirer.

Ou non ?

7

Under the Fence – Jan A.P. Kaczmarek

Tout se déroule à merveille. Enfin, « tout » est une… En danse, je ne m'améliore pas. Ferranti continue de me répéter à longueur de temps les mêmes phrases : « Tu es trop raide, tu dois approfondir les gestes, ne te laisse pas aller, tu as l'air d'un épouvantail qui a une hernie… »

Et ainsi de suite.

James m'évite : il ne m'a plus adressé la parole depuis l'incident des vestiaires. Il s'éloigne aussi de Sofia, qui du coup est d'une humeur de chien. Je ne sais pas ce qui se passe entre eux ; en tout cas, je les vois de moins en moins souvent ensemble et, quand ils sont l'un à côté de l'autre, James ne lui parle presque pas.

Chaque soir, vers onze heures, il vient jouer dans le jardin, et je me penche à la fenêtre pour l'écouter. Il a beaucoup de talent.

Notre groupe est dans l'impasse : nous ne savons pas quoi faire pour le spectacle. L'autre jour, en fin de cours, j'ai demandé en privé à Rick ce qu'il pensait de notre idée de comédie musicale.

— On a imaginé le début du spectacle au moment où retentit la sonnerie du dernier cours de l'année scolaire. Ensuite, la protagoniste tombe amoureuse d'un garçon qui lui fait découvrir le monde de la chanson.

Il m'a dit que c'était une idée formidable : sauf que les créateurs de *High School Musical* l'ont déjà eue avant nous…

Donc, retour à la case départ.

L'autre jour, quand je passais dans le couloir, j'ai entendu une mélodie qui parvenait du grand amphi. Je me suis approchée discrètement pour voir qui jouait. C'était Andrea, assis devant le piano à queue.

L'entendre jouer m'a procuré une sensation indescriptible. On aurait dit que ses mains dansaient sur le clavier ; c'était un ballet tendre, doux, passionnel. Puis la musique s'est emballée ; ses doigts se déplaçaient si vite qu'il était difficile de les suivre du regard. Toute la gamme des émotions – la douleur, la joie, la sérénité… – s'est emparée de moi.

Je sentais la musique couler dans mes veines et pulser au rythme des battements de mon cœur. J'étais en extase.

Tout à coup, il s'est arrêté et a pris son portable. Quelques secondes plus tard, j'ai reçu un message.

ANDREA

Je suis peut-être sourd,
mais j'ai une bonne vue.
J'espère que la chanson te plaît.

J'ai remué les lèvres silencieusement pour former les mots : « C'est magnifique. » Il m'a remerciée d'un signe de tête. Je suis partie en me demandant si Andrea était sourd de naissance.

Pourquoi il ne nous a pas proposé d'inclure cette chanson dans le spectacle ? Elle est belle, et si facile à retenir que je n'arrive plus à me l'ôter de l'esprit.

Mon portable contient plein de mélodies jouées au piano, mais chaque fois que j'entends un morceau en direct, je suis émue. Transmise par les écouteurs, la musique semble lointaine, presque irréelle ; quand on se trouve devant quelqu'un qui lui donne vie en caressant les touches blanches et noires, on se sent vibrer ; c'est différent et unique.

Au cours de théâtre, les choses se corsent.

Fini les improvisations toutes simples des premiers jours : maintenant, le prof nous fait faire des exercices super compliqués. Hier, il m'a fait monter sur scène et m'a demandé de passer en moins d'une minute de l'état du bonheur à celui de la tristesse profonde.

C'était très difficile ; mes camarades me fixaient et enregistraient la moindre petite expression. Seuls deux élèves ont obtenu la moyenne à l'exercice, dont James.

De temps à autre, je lui jette un regard discret, mais il a toujours les yeux perdus dans le vide. Chose bizarre : son ironie me manque un peu…

Sofia, en revanche, ne me manque pas du tout. Chaque fois qu'on se croise, qu'elle soit seule ou avec une autre fille, elle me regarde de haut.

Et ce n'est pas tout ! L'autre jour, au cours de danse. Pendant que Mlle Ferranti disait à Andrea quel morceau il devait jouer et que j'essayais de faire une pirouette, cette teigne m'a fait un croche-pied. Je suis tombée par terre.

Mais à présent, parlons de choses agréables…

Deux jours après avoir trouvé son numéro, j'ai envoyé un message à Alessandro. C'est rare que nous nous rencontrions pendant la journée : nous n'avons aucun cours en commun. Je ne vois pas non plus beaucoup Giulia, qui suit le même parcours que lui.

Nous avons échangé quelques messages, puis il m'a donné rendez-vous ce soir à neuf heures sous le saule, au centre du campus.

Alors, me voilà devant mon armoire, en train de me demander ce que je vais mettre. Alessandro ne m'a pas dit où nous irons ni ce que nous ferons. Je ne sais donc pas s'il faut que je choisisse une tenue élégante, décontractée ou sportive. Je doute qu'il veuille rester à l'intérieur du campus et, comme tout autour il n'y a que des arbres et d'interminables étendues de champs cultivés, je décide de privilégier le confort.

Je mets un chemisier à carreaux rouges et blancs, un short en jean avec une ceinture marron et des bottes hautes en cuir de style western, assorties à la ceinture. Et, comme il n'est que huit heures et demie, j'entreprends de me boucler les cheveux.

Je suis heureuse comme cela ne m'était pas arrivé depuis longtemps. Un dernier coup d'œil dans le miroir : ça va. Je lisse les plis de mon chemisier et me passe les doigts dans les cheveux pour détendre mes boucles.

C'est notre premier rendez-vous, tout doit être parfait.

8

Story of My Life – One Direction

À neuf heures précises, je suis sous le saule.

Il est superbe. Il offre une cachette idéale avec ses branches qui descendent jusqu'au sol. Je m'assieds, adossée contre le tronc. Le ciel s'est obscurci, les premières étoiles apparaissent déjà. Je ferme les yeux et savoure la brise légère qui me caresse le visage, l'herbe fraîche sous mes jambes, le bruissement des feuilles…

— Mademoiselle.

Je sursaute, brusquement arrachée à mon état de bien-être.

— S'il te plaît, ne me refais jamais ça ! J'ai failli avoir un infarctus.

Il éclate de rire.

— Mais je n'ai rien fait. J'ai l'impression que tu es souvent dans la lune.

Je souris : il a tout compris de moi.

— Oui, tu as raison. En fait, j'étais en train de me demander où tu allais m'emmener.

— C'est une surprise, dit-il, et il me tend la main pour m'aider à me relever.

Nous nous mettons en route en bavardant de nos cours. Alessandro me parle de son professeur de chant, ennuyeux et sévère. Il est tellement exigeant que, le jour où Alessandro n'arrivait pas à atteindre une note très haute, il a passé l'heure entière à travailler avec lui.

Je demande :

— C'était quelle chanson ?

— *Chandelier* de Sia. Ce truc ne devrait être chanté que par les femmes !

J'ai envie de rire en imaginant le pauvre Alessandro tourmenté par le prof. Il me raconte qu'à la fin il y est arrivé, seulement, entre-temps tous ses camarades s'étaient endormis sur leurs chaises.

Le cours de théâtre, en revanche, lui plaît beaucoup. Il suit celui de base pour les débutants et il ne se sent pas mal à l'aise parce que les autres sont aussi nuls que lui. Il m'avoue que, lorsqu'ils montent sur scène pour improviser, ils ne peuvent retenir un fou rire. Et, bien sûr, le prof les met à la porte.

Une fois sortis du campus, nous suivons un chemin de terre, bordé par des cyprès. Avant de m'y engager, je me retourne pour admirer les jardins du campus. Les gazons sont parfaitement entretenus, les parterres de fleurs offrent au regard toutes les nuances de rouge, rose, blanc et jaune qui tranchent sur le vert vif de l'herbe.

Devant nous, au-delà des cyprès, se déploie une mer de tournesols, ils semblent s'endormir, les têtes tendues vers les rayons rougeoyants du soleil qui plonge derrière la colline.

Un paysage parfait pour un peintre !

— On va dans un endroit secret, déclare Alessandro, l'air mystérieux. Tu ne dois dire à personne que je t'y ai emmenée, OK ?

— Attends, tu me fais peur ! Ne me dis pas qu'on va dans une sorte de *Fight Club*, où les gens se tapent dessus ! dis-je pour le mettre à l'épreuve.

S'il aime le ciné, il saura répondre.

— Ben, moi, je n'ai pas de double personnalité et je ne suis pas Brad Pitt… Donc, ne t'inquiète pas !

Test réussi haut la main. Ce garçon est génial !

Nous quittons le chemin de terre pour emprunter un sentier caillouteux. Le campus est désormais loin derrière nous.

J'entends soudain de la musique : elle provient sûrement de la grange qui se dresse au bout du sentier. Je l'avais déjà aperçue de la tourelle du campus, mais je pensais qu'elle était abandonnée. Là, elle est tout éclairée.

— James et moi, on a découvert cet endroit par hasard, et on est tout de suite devenus amis avec le gérant, explique Alessandro. Ici, on mange super bien, mais il n'y a pas que ça.

— Ah ! maintenant, je comprends pourquoi vous disparaissez de temps à autre à l'heure du dîner. Il est là, lui aussi, ce soir ?

J'espère que non…

— Non, il voulait parler avec Sofia. Viens, c'est à cette heure-ci qu'il faut y être !

Il me saisit doucement le poignet et m'entraîne à l'intérieur. La grange est pleine à craquer. La lumière tamisée permet à peine de constater que presque tous les élèves du campus sont là. La musique et les voix se mêlent dans un brouhaha joyeux.

Les tables installées le long des murs entourent une piste de danse. Dans le fond de la salle, j'aperçois une petite scène avec un piano à queue et une batterie. Un piano à queue dans une grange perdue au milieu des champs ? J'hallucine !

— Viens ! crie Alessandro par-dessus le vacarme en me prenant la main pour me guider.

À la vue de nos doigts entrelacés, mon cœur se met à battre la chamade. Alessandro m'accompagne au bar, où on s'assied sur les deux tabourets restés libres. Le barman regarde d'abord Alessandro, puis moi, surpris.

— Je vois que tu as de la compagnie, ce soir. Qui est cette demoiselle ? demande-t-il en souriant.

Alessandro répond :

— Effy, je te présente Carlo. Carlo, Effy.

Carlo – grand et musclé, les cheveux coiffés en brosse – a un sourire contagieux et le cou couvert de tatouages : le premier qui me saute aux yeux est un énorme dragon rouge qui crache du feu.

Il me serre la main. Quelques instants plus tard, il nous apporte les boissons avec de la glace et du citron. Alessandro me regarde intensément : j'ai l'impression qu'il veut me dire quelque chose, mais qu'il ne trouve pas les mots justes.

Il ouvre et referme la bouche. J'attends.

Puis il dit :

— Eh bien, on a enfin l'occasion de se parler. Je ne sais rien de toi, Effy. Qu'est-ce que tu peux me raconter ?

Je repousse une mèche de cheveux derrière mon oreille.

— Ça ne sera pas facile, dans un bar plein de monde.

— Vas-y quand même !

Je sors ma chaîne du col de mon chemisier et me mets à jouer avec le pendentif. Il le regarde fixement, comme s'il ne parvenait plus à détacher les yeux du croissant de lune. Je respire à fond une bonne fois et me lance :

— Je ne sais même pas par où commencer…

Je réfléchis quelques secondes. Alessandro attend en silence.

— Depuis l'âge de quatre ans, je vis dans un village près de Milan. Petite, j'ai vécu un drame…

— Qu'est-ce qui s'est passé ? demande Alessandro, l'air grave.

— Mes parents biologiques sont morts.

Ça me coûte beaucoup d'en parler, ce n'est pas une chose que je raconte à tout le monde. Ceux de mon groupe ne sont même pas au courant.

Alessandro me fait signe de continuer.

— Il y a eu un incendie. Je suis la seule de la famille à avoir survécu. Je ne sais rien d'autre, j'ai perdu la mémoire à cause du traumatisme. Peu de temps après, on m'a confiée à un couple, parce que je n'avais personne qui puisse s'occuper de moi. Ce sont des gens formidables. Pour moi, ils sont mes vrais parents. J'avais douze ans quand ils m'ont appris que j'avais été adoptée. De ce jour-là, je me suis repliée sur moi-même. Ma mère m'a inscrite à un cours de théâtre pour que je sois plus ouverte ; et me voilà. L'art dramatique a été ma bouée de sauvetage.

Je m'arrête. Je bois une gorgée de ma boisson et glisse ma chaîne à sa place. Alessandro n'a pas détaché ses yeux des miens depuis que j'ai commencé à parler.

— Tu n'as rien su d'autre sur la mort de tes parents ?

— J'ai demandé qu'ils me disent ce qui est arrivé, pourquoi, et comment s'appelaient mes parents biologiques. Ils ne savent rien. Il paraît que les assistantes sociales n'ont révélé que le strict nécessaire.

Les mâchoires d'Alessandro se crispent. Il se passe la main sur le front et détourne le regard. Habituellement, quand quelqu'un découvre mon histoire, il écarquille les yeux et dit : « Oh ! je suis désolé, je ne le savais pas. » Alessandro, lui, a une réaction complètement différente. Ses yeux brillent, il a l'air ému.

J'essaie de détendre l'atmosphère :

— Je ne voulais pas t'ennuyer, vraiment. C'est une belle soirée, on ne va pas la gâcher !

Alessandro sourit ; ses adorables fossettes me font fondre.

— Tu ne m'ennuieras jamais, Effy.

Mes joues doivent être rouges comme des tomates.

Je m'éclaircis la voix.

— À ton tour ! Parle-moi de toi.

— Eh bien, moi…, fait-il, manifestement mal à l'aise.

À ce moment, un homme s'arrête derrière lui et lui donne une tape sur l'épaule :

— Mais regardez un peu qui est venu nous rendre visite !

9

All of Me – John Legend

Alessandro se retourne et lui donne l'accolade. C'est un type d'une cinquantaine d'années aux cheveux poivre et sel, mais habillé d'une manière juvénile, en jean et tee-shirt.

— Gianni, c'est Effy. Elle est au campus, elle aussi.

Gianni me fait le baisemain.

— C'est un plaisir, mademoiselle.

— Gianni est le propriétaire des lieux, m'explique Alessandro. Si quelque chose ne te plaît pas, c'est le moment ou jamais de faire une réclamation.

Gianni rit et lui assène une autre claque dans le dos. Puis il ajoute :

— Pourquoi tu ne nous chantes pas quelque chose ? Là, il y a un gars qui va jouer un morceau au piano, mais ensuite, si tu veux…

Alessandro hésite, embarrassé. J'ai très envie de l'entendre chanter !

— Si, allez, je t'en prie !

Je lui fais des yeux de biche. Au bout d'un moment, il cède.

— Parfait, alors, je te mets sur la liste. À plus tard ! lance Gianni avant de nous laisser.

Ravie, j'embrasse Alessandro sur la joue.

— Merci !

Gianni monte sur l'estrade et prend le micro. La musique s'interrompt brusquement. Tout le monde se tourne vers lui.

— Amis de la grange, ce soir, nous avons un hôte exceptionnel ! annonce-t-il. C'est un jeune pianiste au talent incroyable qui est venu jouer spécialement pour nous. Il est sourd-muet, mais son handicap ne l'a pas empêché de réaliser ses rêves. Applaudissez Andrea Fabrizzi !

Andrea ? Ça alors ! On dirait que tout le monde connaît cet endroit, à part moi…

Andrea monte sur scène, un large sourire sur le visage. La foule applaudit.

— Mais… ce n'est pas le garçon qui est dans ton groupe ? demande Ale.

— Oui. C'est dingue… Il ne m'a pas parlé de cet endroit !

Andrea tend une feuille à Gianni, qui s'approche de nouveau du micro :

— Andrea me dit qu'il a écrit cette chanson pour quelqu'un à qui il tient particulièrement. Passez un bon moment !

Sur ce, il descend de la scène. Andrea s'assied sur le tabouret. Quelques secondes de silence, et il commence à jouer.

Tout le monde dans la salle a les yeux fixés sur lui. C'est comme si le temps s'était arrêté. La mélodie est triste et romantique. C'est bien une chanson, même s'il n'y a pas de paroles : la musique suffit. C'est celle qu'il jouait quand je l'ai surpris il y a quelques jours. Ainsi, il l'a écrite pour une fille dont il est amoureux… Je ferme les yeux et je me laisse transporter par les notes. Quand la mélodie se termine, le public explose en un tonnerre d'applaudissements. Ç'a été un moment magique.

— Waouh ! souffle Alessandro. Comment veux-tu que je rivalise avec quelqu'un comme lui ?

— Vas-y ! Montre ce que tu sais faire.

Il vide son verre d'un seul coup et sourit.

— À vos ordres, madame.

Tandis qu'il s'approche de la scène, Gianni s'empare du micro.

— Je vous demande d'accueillir un gars épatant. Ce n'est pas la première fois qu'il se produit dans cette salle, mais aujourd'hui il nous a apporté une nouvelle chanson.

Alessandro monte sur la scène. Gianni lui tend une guitare, qu'il se passe en bandoulière. Puis il baisse le micro et sourit en regardant le public.

Il commence à chanter. Le timbre de sa voix est magnifique, rauque et sexy. Les paroles de la chanson me coupent le souffle.

If I had my life to live again, I'd find you sooner.
Si je pouvais vivre une nouvelle vie, je te trouverais plus tôt.

I smile like an idiot when I think about you…
Je souris comme un idiot quand je pense à toi…

Sa voix me fascine, et je ne suis pas la seule à être sous le charme. Tout le monde l'écoute, immobile : personne ne parle ni ne boit. On dirait qu'ils en oublient même de respirer.

Quand la chanson se termine, Alessandro reçoit des applaudissements nourris. Il descend de la scène et revient vers moi. Je le serre dans mes bras.

— Tu as été génial ! Mais tu joues de la guitare ?

Il rit, sans répondre. Il me prend par la main pour m'entraîner au-dehors. L'air nocturne est frais, je peux enfin respirer à pleins poumons.

— C'est James qui m'a appris, finit par dire Alessandro. On retourne au campus ? Il est presque minuit.

On se met en route.

— Comment vous vous êtes connus, James et toi ?

— Quand j'étais petit, on déménageait souvent, parce que mon père était fauché et qu'il était tout le temps poursuivi pour les loyers non payés. Un énième déménagement nous a amenés dans l'immeuble où James habitait, à l'étage au-dessus. Il jouait tout le temps de la batterie ou de la guitare. Mon père enrageait, car ce vacarme l'empêchait de se reposer. Un jour, il m'a envoyé frapper chez eux. Imagine un gamin de dix ans qui frappe à la porte d'un inconnu pour lui demander de ne pas faire de bruit... Le moins qu'on puisse dire, c'est que la mission a échoué. J'ai fait la connaissance de ses parents. James, qui a le même âge que moi, m'a invité à jouer avec lui. Depuis ce jour-là, on a passé tous les après-midi ensemble. Bien sûr, lui jouait mieux que moi. Ainsi, j'ai commencé à chanter et j'ai découvert que, là, c'était moi qui étais décidément meilleur. Quand je demandais à James s'il voulait devenir musicien, il disait toujours : « Non, je serai acteur. » Et en effet, il s'est inscrit au cours d'art dramatique.

Je l'écoute sans rien dire, contente qu'il se soit ouvert à moi. J'ignorais que James et lui se connaissaient depuis si longtemps.

— Un jour, on est allés jouer dans la rue, pour voir. On a posé un chapeau par terre en espérant qu'on nous donnerait quelques pièces. James jouait de la guitare, moi, je chantais. On avait à peine treize ans.

Je souris en imaginant James avec une guitare plus grande que lui.

— Cet après-midi-là, on a récolté vingt euros. Une fortune ! On est rentrés à la maison heureux comme jamais.

Cet argent, on l'avait gagné nous-mêmes en faisant ce qu'on aimait le plus au monde. À partir de ce jour, le peu d'argent que j'apportais à la maison, c'était pour payer le loyer ; je gardais juste de la petite monnaie pour m'acheter des rouleaux de réglisse.

Il se tait un instant.

— Quelques mois plus tard, mon père m'a annoncé qu'on devait encore déménager. Moi, je ne voulais pas mais, à quatorze ans, qu'est-ce que je pouvais faire ? J'ai emballé mes affaires, je suis monté dire au revoir à James et, les larmes aux yeux, je suis parti très loin de là.

Je demande :

— Mais pourquoi il fallait que vous vous enfuyiez de nouveau ?

Entre-temps, nous sommes arrivés au campus. Encore quelques minutes, et nous serons aux dortoirs.

— Il était sans un rond, comme toujours. Les trente ou quarante euros que je lui apportais une fois par semaine ne suffisaient pas... James et moi, on s'est donc perdus de vue. J'ai continué à écrire des chansons et à chanter, mais ce n'était plus pareil. James me manquait beaucoup, c'était mon meilleur ami, le seul que j'aie jamais eu. Cet hiver, alors que je marchais un jour au centre-ville, j'ai entendu une mélodie. J'ai tout de suite reconnu ces accords. Je me suis mis à courir en espérant de toutes mes forces que c'était lui. Et il était bien là ! Assis sur un tabouret sur le trottoir, James jouait de la guitare. Plusieurs personnes s'étaient arrêtées pour l'écouter ; quelques-unes lançaient des pièces dans son étui ; quant aux filles, elles lui laissaient leur numéro de téléphone.

Je visualise la scène et éclate de rire.

— Je me suis approché et j'ai mis cinq euros dans l'étui. Il a levé les yeux, a cessé de jouer et m'a serré dans ses bras.

On était tellement heureux de se retrouver… Depuis ce jour, on a recommencé à se voir régulièrement. Peu de temps après, l'occasion de participer à ce stage d'été s'est présentée. On était enthousiastes à l'idée de s'y inscrire ensemble, espérant qu'on serait tous les deux reçus à l'examen d'entrée.

— Mais comment vous avez fait pour l'argent ? Le stage est super cher…

— Le père de James a pris un emprunt ; moi, je ne savais pas quoi faire. Mon père n'avait aucune intention de me donner un centime. Je me suis renseigné et j'ai découvert qu'il y avait quatre bourses d'études.

J'écarquille les yeux, surprise.

— Moi aussi, j'ai essayé d'en obtenir une, mais je n'ai pas réussi.

Alessandro sourit, embarrassé.

— Oui, ben… disons que j'ai bossé comme un malade, tu n'as pas idée !

Nous sommes déjà devant la porte du dortoir des filles. Le temps est passé trop vite.

— Waouh ! c'est une histoire incroyable.

Alessandro baisse les yeux, l'air gêné.

— La prochaine fois, je te raconterai comment il a connu Sofia. Ça, c'est une histoire un peu moins incroyable.

Nous rions tous les deux.

— Bonne nuit et merci pour cette soirée géniale, dis-je.

On se regarde dans les yeux quelques secondes. J'ai le souffle court. Ses yeux verts semblent un puits sans fond où je me perds.

Puis la magie se brise. Alessandro secoue la tête et, comme s'il se réveillait d'un rêve, dit :

— Pas de quoi.

Il m'embrasse sur la joue et s'en va.

Mais que s'est-il passé ? J'ai dit quelque chose qu'il ne fallait pas ?

Je monte dans ma chambre, heureuse et perplexe à la fois. Quel comportement étrange… J'enfile mon pyjama et je règle mon réveil.

J'ai éprouvé une sensation bizarre à parler de mon passé. Je ne l'avais fait qu'une seule fois auparavant, avec Isabella et Lorenzo, il y a quelques années. Avec Alessandro, cela a été différent. Je sentais que je pouvais lui faire confiance, que j'aurais pu lui dire n'importe quoi. C'est rare de trouver quelqu'un avec qui on est autant à l'aise alors qu'on le connaît à peine.

Je reste quelques instants à la fenêtre à regarder les étoiles. C'est dingue de penser à quel point nous sommes minuscules dans l'Univers. Mais même si je ne suis qu'une petite fourmi dans un monde gigantesque, j'ai toujours souhaité qu'on se souvienne de moi, un peu comme Achille dans *L'Iliade*. Je voudrais accomplir quelque chose qui fasse que, dans des années, on puisse dire : « Tu te rappelles Effy, la fille aux cheveux roses ? C'est une femme extraordinaire ! »

Je sais, je vise peut-être trop haut, c'est plus fort que moi.

Je m'endors, la tête appuyée contre le rebord de la fenêtre, sous le ciel étoilé.

10

The Lazy Song – Bruno Mars

Les premières semaines sont passées à une vitesse incroyable. Le rythme s'est accéléré brusquement. Travaux pratiques, répétitions avec le groupe, livres à étudier : j'ai à peine eu le temps de respirer.

Après ces jours stressants, l'école a heureusement décidé de nous récompenser et de nous offrir un week-end de détente totale. Nous le passerons à la mer, qui est à une demi-heure d'ici. J'ai tant besoin d'une pause.

Je prends ma petite valise, que je n'ai pas encore entièrement défaite, et je la pose sur mon lit. Je ramasse mes cheveux en un chignon désordonné pour me sentir plus à l'aise et j'appelle Stella. Quand elle répond, je mets le haut-parleur et je place mon portable sur la table de chevet.

— Au secours, je suis devant ma valise ouverte et je ne sais pas du tout ce qu'il faut y mettre, fais-je.

— Je t'avais dit de la préparer ce matin. Après le dîner, tu devrais ne penser qu'à aller te coucher.

— Oui, mais ce matin, il fallait que je révise. De toute façon, je suis tellement anxieuse que je suis sûre de ne pas fermer l'œil de toute la nuit.

Stella rit, tandis que j'attrape trois shorts, dont un pour le lendemain matin.

— Tu exagères ! lance Stella. Moi, ce qui me préoccupe, c'est qu'on y va avec le van de Giulia. J'espère arriver saine et sauve, avec elle au volant.

— On n'a pas le choix : c'est la seule à avoir le permis dans notre groupe. Dis donc, pourquoi tu ne descendrais pas un étage pour venir me donner un coup de main ?

Je range une paire de tongs dans ma valise.

— D'accord, j'arrive !

Deux minutes plus tard, j'entends frapper à la porte. J'ouvre et je manque d'avoir une crise cardiaque. Le visage de Stella recouvert d'un masque de beauté de couleur verte.

— Bon sang, c'est quoi, ce truc ? dis-je en éclatant de rire.

Elle me lance un regard furieux et entre :

— C'est ta faute ! Avec tous les muffins que tu me fais manger au petit déjeuner, j'ai plein de boutons. Au lieu de parler de ma tête, concentre-toi sur ta valise. Elle est à moitié vide.

Stella examine mes affaires. Je lui indique le short en jean.

— Celui-là, je le mets demain matin avec mes sandales marron. Qu'est-ce que je porte comme haut ?

Stella hoche la tête, pensive, puis prend un tee-shirt à rayures.

— Ça, par-dessus ton maillot. Et n'oublie pas de prendre des serviettes de toilette, ta brosse à dents et une crème solaire.

Pendant que je prépare deux maillots de bain, un doute m'assaille tout à coup.

— Attends ! Où est-ce qu'on va dormir ?

— Je ne sais pas. L'endroit où on va est une sorte de village de vacanciers, je pense donc qu'on aura des bungalows.

— Oh ! qui sait avec qui on sera. Pourquoi tu ne dormirais pas avec moi cette nuit ? S'il te plaît…

Je lui fais mes yeux de chien battu, les mains jointes. Elle me regarde de travers un instant.

— OK, je dors ici, si tu me dis ce qu'il y a entre toi et Alessandro.

Je souris et fourre les derniers tee-shirts dans ma valise, que je pose encore ouverte sur le sol. Puis je m'assieds sur l'autre lit, à côté de Stella.

— En réalité, je n'en sais rien. On sort ensemble, mais il est toujours fuyant. Parfois, il est tendre, l'instant d'après, distant… Peut-être que je ne lui plais pas assez.

Stella hoche la tête et lance :

— Eh bien, moi, ce matin, j'ai vu Giacomo.

Je bondis sur mes pieds.

— Quoi ? Et tu me dis ça comme ça ? Cela fait deux semaines que tu ne fais que parler de lui !

Ses joues s'empourprent.

— Tu as raison. Allez, je te raconte tout !

J'entends mon téléphone qui vibre. Je me lève pour regarder : c'est un message de notre groupe.

GIULIA

Désolée, les copains, je ne me sens pas bien du tout.
Je ne viens pas demain.

Je m'écrie :

— C'est pas vrai !

— Qu'est-ce qui se passe ?

— Giulia se sent mal, elle ne vient pas demain…

— Alors, qui va conduire le van ? Moi, je veux y aller !

J'ai une idée. J'ouvre ma rubrique « Contacts » et j'appelle Alessandro.

— Ale, salut ! Désolée de te déranger à cette heure-ci. On a un problème… Giulia ne peut pas nous accompagner demain. Ça t'embête si je demande à Bruce ?

Ce dernier est le seul à avoir le permis, à part James et Giulia.

— Salut ! mais oui, bien sûr. Je t'envoie son numéro tout de suite.

Je souris. Même au téléphone, sa voix est sexy.

— Qu'est-ce qu'il a dit ?

— Il n'y a pas de problème, qu'il m'envoie son numéro.

Stella se jette dans mes bras.

— Merci, merci, merci ! Je t'adore.

J'aimerais qu'elle soit aussi ouverte avec les autres. C'est une fille super gentille et marrante, mais sa timidité est un bouclier qui empêche les gens de la connaître telle qu'elle est en réalité.

Dix minutes plus tard, je me suis mise d'accord avec Bruce : on a rendez-vous à 11 h 45 sur le parking.

On décide de se coucher. Stella enlève son masque et s'allonge dans le lit libre. Ça me fait un drôle d'effet de dormir avec quelqu'un après avoir été seule si longtemps. Je règle mon réveil et me glisse à mon tour sous les couvertures.

— 'Nuit, Stella.

— Bonne nuit, répond-elle d'une voix ensommeillée.

Zut ! Giacomo ! Elle ne m'a pas raconté ce qu'ils se sont dit. Je suis tellement fatiguée que je décide de le lui demander demain.

11

▶ Hurricane – Bridgit Mendler

Bip-bip.

Le réveil sonne. Mais comment est-ce possible ? J'ai l'impression de m'être endormie il y a deux minutes !

J'arrête la sonnerie, mais j'ai trop sommeil pour me lever. Stella se redresse, les yeux encore clos, et s'étire.

— Dans moins d'une heure, on doit être en bas, dit-elle. Il faudrait peut-être que tu te bouges.

Elle s'approche de mon lit, me prend par une main et m'oblige à me lever.

Comment fait-elle pour avoir autant d'énergie le matin ?

— Dis donc, ce que tu es lourde ! lâche-t-elle. Bon, je file dans ma chambre me préparer. N'oublie pas : en bas dans trois quarts d'heure.

Elle sort. Je me traîne jusqu'à la salle de bains, me brosse les dents et prends une douche rapide. De retour dans ma chambre, et sans arrêter de bâiller, je mets mon maillot, mon short, mes sandales et mon tee-shirt. Je débranche mon chargeur et le glisse dans mon sac, je referme ma valise… et je bâille encore.

Je vérifie l'heure : incroyable, je suis en avance de cinq minutes !

Le parking est déjà plein. Avec ce soleil de plomb, il doit faire au moins trente degrés. Je cherche Bruce : le voilà ! Il est adossé à une voiture. Il me voit et accourt pour m'aider avec la valise.

— Merci, c'est super sympa, lui dis-je.

La voiture contre laquelle il était appuyé est celle de Giulia, un van style années 1960. La Range Rover que j'ai vue le premier jour est garée à côté ; James et Alessandro sont installés dedans. Leurs vitres sont baissées. Je m'approche d'Ale et je me mets sur la pointe des pieds pour lui faire la bise.

— Mais elle va mettre combien de temps ? explose James. On part pour deux jours, pas pour un an !

Il parle sûrement de Sofia. Ils se sont réconciliés ; en tout cas, c'est ce que m'a dit Ale. Pourtant nous ne sommes pas encore partis que James est déjà énervé.

— Bien dormi ? me demande Alessandro, adorable comme toujours.

Il est tellement différent de son ami !

— Oui. Stella a passé la nuit chez moi.

Je la vois arriver juste à ce moment-là.

— Pardon, c'est Sofia qui m'a retardée, en bloquant le couloir avec ses trois valises. On dirait qu'elle part aux Maldives pour l'été !

Nous éclatons tous de rire, sauf James, qui semble très fâché. Bruce charge la valise de Stella dans sa voiture.

— Il ne manque pas votre ami ? nous demande-t-il.

C'est vrai, Andrea ! Je lui envoie un message.

MOI

Où es-tu ? On t'attend.

— À l'aide, quelqu'un ! Mon chériiii, tu es là ?

La voix de Sofia résonne dans tout le parking. James soupire et descend pour l'aider à mettre ses valises dans le coffre, puis lui ouvre la portière arrière. Je n'en crois pas mes yeux : elle a mis des escarpins à talons hauts pour aller à la mer ! Et puis, elle ne doit pas savoir que, avec du fond de teint, on ne bronze pas. Je ne comprendrai jamais certaines choses.

Mon portable vibre.

ANDREA

Désolé.
Je descends.

Stella s'évente avec la main.

— C'est Andrea ? Je t'en prie, dis-moi qu'il arrive. Je n'en peux plus de cette chaleur !

Andrea déboule au pas de course à ce moment-là. Bruce lui ouvre le coffre. Il y lance sa valise. Je dis au revoir à Alessandro, fais un signe de tête à James et monte dans le van. Bruce s'assied sur le siège conducteur ; Andrea s'installe côté passager.

La première chose que nous faisons, Stella et moi, est d'ouvrir nos vitres, mais Bruce nous arrête.

— Hé ! qu'est-ce que vous faites ? Vous êtes au courant qu'on a inventé la clim ?

Nous refermons les fenêtres à contre-cœur. Je suis presque tentée d'enlever mon tee-shirt et de rester en maillot. Heureusement, la clim rafraîchit l'habitacle très vite. Bruce allume la radio, qui passe le hit de l'été, une chanson espagnole. Il monte le volume au maximum. Nous ne connaissons pas les paroles, mais nous la chantons à tue-tête et nous esclaffons comme des fous.

La demi-heure de voyage passe trop vite.

Bruce se gare sur le parking qui longe la plage. À côté, il y a un bar avec des tables en terrasse. J'échange un regard entendu avec Stella... Aussitôt, nous enlevons nos vêtements en les lançant en l'air et nous précipitons vers la mer. Stella me prend la main ; nous nous y jetons ensemble. L'eau est fraîche, mais parfaite. On s'éclabousse en riant.

Les autres nous regardent du parking, amusés. James incite Sofia à faire comme nous, mais elle lui décoche un regard indigné. James hausse les épaules, ôte ses chaussures et nous rejoint au galop, tout habillé. Il envoie des paquets d'eau partout. Quelques secondes plus tard, il émerge avec un superbe sourire, très sincère, de ceux qu'il laisse rarement échapper. Une mèche dégoulinante lui tombe sur le front. Sans le vouloir, je regarde ses abdos, que son tee-shirt trempé met en évidence. Pas mal ! Il me fixe avec insistance et s'approche lentement.

Je crie :

— Non, ne fais pas ça !

Il fronce les sourcils.

— Eh bien, si, réplique-t-il avant de disparaître sous la surface.

Aussitôt, je me retrouve sur ses épaules, hors de l'eau.

— James, arrête ! Descends-moi !

Malgré moi, je suis prise d'un fou rire irrépressible. C'est trop drôle !

Dix minutes plus tard, nous sortons de l'eau tous les trois. J'essore mes cheveux, pendant que James enlève son tee-shirt. À la vue de son torse, Stella manque de tomber dans les pommes.

Quand nous rejoignons les autres, Alessandro, hilare, donne une claque dans le dos de James.

— Mon vieux, tu ne peux pas t'imaginer la tête de Sofia ! Elle était furieuse, elle est partie.

Andrea rit, lui aussi.

— Où est Bruce ? dis-je en regardant autour de moi.

— Il est allé déposer les valises dans votre bungalow, me répond Alessandro.

— Waouh, service complet.

Je récupère mon sac et mes vêtements et j'emprunte une passerelle de bois qui longe la plage.

— Hé, attends-moi ! m'appelle Stella.

Elle me rattrape, me prend la main et me fait un signe de tête vers l'arrière.

— Regarde, ils ont l'air de bien s'entendre.

Je me retourne : Alessandro, qui nous a emboîté le pas, raconte quelque chose à Andrea. Ce dernier observe ses lèvres, l'air concentré, pour comprendre ce qu'il dit.

Les bungalows se trouvent au bout de la passerelle. Michelle nous y attend. Elle nous tend les clés.

— Vous voilà ! Alors, Effy et Stella : bungalow 8. Vous serez avec Sofia et Antonella, je ne sais pas si vous la connaissez. Alessandro, toi, tu vas avec Andrea, James et Bruce dans celui-là.

Elle indique le premier bungalow de la rangée de droite.

C'est moi qui ai demandé à Michelle de mettre Andrea avec eux. Je l'embrasse sur la joue pour la remercier.

Stella et moi nous dirigeons vers notre bungalow, que nous devrons partager avec Sofia. Grrr…

Les bungalows, ronds et en bois, sont exactement comme je me les imaginais. À l'intérieur, il y a quatre lits, deux à gauche et deux à droite, chacun flanqué d'une table de chevet. Au fond, une porte : ce doit être la salle de bains. Les deux lits à droite sont déjà occupés par Sofia et Antonella, la fille que j'ai connue au cours de danse classique. Je laisse tomber mon sac et je la serre dans mes bras, heureuse : nous sommes devenues amies, étant les seules à être nulles.

— Mais pourquoi vous êtes trempées ? demande Antonella.

C'est Sofia qui lui répond.

— Elles voulaient se faire remarquer, bien sûr.

Je soupire.

— S'il te plaît, Sofia ! Ce sont les seuls jours de détente qu'on va avoir cet été. On peut déposer les armes ? Quand on rentrera au campus, tu pourras recommencer, mais maintenant, on fait la paix, d'accord ?

Je lui tends la main. Elle me regarde de ses grands yeux bleus, l'air ennuyé, avant de la serrer nonchalamment.

— On y va ? dis-je à Stella, qui s'est allongée.

— Aller où ? On vient juste d'arriver ! proteste-t-elle.

Cette fois, c'est moi qui l'entraîne.

— Debout, flemmarde ! Il faut aller déjeuner. Je veux profiter de chaque minute de ce week-end.

Dès que Stella entend le mot « déjeuner », elle se lève. Nous nouons un paréo sur notre maillot de bain, enfilons des tongs et sortons. En route, j'envoie un message à Alessandro.

MOI

> Stella et moi, on va au bar de la plage.
> On vous attend là-bas.

On s'assied à une table en bois à l'extérieur, l'une à côté de l'autre. Une fille d'une vingtaine d'années s'approche. Pas très grande, jolie, des cheveux blonds et des yeux clairs ; un bronzage à tomber.

— Salut, les filles. Vous voulez déjà commander, ou vous attendez quelqu'un d'autre ?

— On attend, merci.

Elle nous laisse. Presque toutes les tables sont occupées par les gens du campus, qui mangent et discutent. Tout à coup, le sujet laissé en suspens avec Stella me revient à l'esprit.

— Dis, hier soir, tu devais me parler de Giacomo. Allez, raconte !

Elle se met à tracer des lignes sur la table avec son doigt, comme elle le fait toujours quand elle est embarrassée.

— Eh bien, hier, tu n'es pas venue au petit déjeuner. Il y avait moins de monde que d'habitude. Je lisais à ma table quand il m'a apporté le jus de fruits que je prends toujours. Et c'est très bizarre, car il ne sert jamais personne à table. Il m'a fait un clin d'œil et il est parti, et…

Je l'arrête en lui mettant la main sur le bras.

— Attends, attends… doucement. Il t'a apporté ton jus de fruits ? Ben, ça veut dire que tu lui plais drôlement !

Elle me regarde, pleine d'espoir.

— Tu crois ? dit-elle, les yeux rêveurs.

— Oui, mais malheureusement, il n'est pas le seul…

— Qu'est-ce que tu veux dire ? me demande-t-elle, perplexe.

À ce moment, les garçons arrivent. James enlève ses lunettes de soleil et les pose sur la table.

— Alors, vous avez commandé ? lance-t-il.

Stella me regarde encore une seconde, et répond :

— Non, on vous attendait.

Andrea s'assied à côté d'elle, tandis que Bruce, James et Alessandro s'installent en face. Sofia et Antonella sont restées au bungalow pour se reposer ; elles nous rejoindront plus tard.

Bruce est en maillot ; James, lui, porte un débardeur noir. Ses cheveux sont encore trempés et tout décoiffés. Voyant que la table est au complet, la serveuse revient avec six menus dans la main. James donne un coup de coude à Alessandro.

— Pas mal, hein ?

Alessandro rougit.

— Crétin !

Comme j'ai le soleil en plein dans la figure, je prends les lunettes de James et les mets. Ça va beaucoup mieux comme ça.

Nous consultons le menu et choisissons des sandwichs. En notant les commandes, la serveuse lance plusieurs coups d'œil à Alessandro, qui lui sourit bêtement.

OK, je ne suis pas jalouse. Ou alors juste un petit peu.

James se tourne vers moi.

— Tu peux me rendre mes lunettes ?

— Laisse-moi réfléchir… non, lui dis-je.

— Effy, tu as cinq secondes.

— Sinon ?

James me regarde un instant, pensif.

— Sinon le soleil brûlera mes beaux yeux bleus, et tu ne pourras plus les admirer comme tu le fais toujours.

— Mais écoutez-le ! dis-je en riant.

Je lui lance les lunettes, qu'il attrape au vol.

12

▶ 22 – Taylor Swift

Pendant le déjeuner, nous discutons du programme de la journée. Stella, James et moi, nous sommes pour un match de volley.

— Je ne sais pas jouer, proteste Alessandro.

— Allez, je vais t'apprendre, lui dis-je.

— Toi ? intervient James. Laisse-moi rire ! Je parie que tu ne sais même pas tenir un ballon.

Ha ! Il ne sait pas à quel point j'adore la compétition.

— Pari tenu !

Peu après, nous sommes sur le terrain.

D'un côté, il y a Alessandro, Stella et moi, de l'autre James, Andrea et Bruce. James tire ; moi, qui suis sous le filet, je smashe. Le but est pour nous. Dix minutes plus tard, nous sommes à 5-2, et c'est nous qui avons l'avantage.

Encore trente minutes, et nous avons gagné.

James passe sous le filet. Il sait que tous les yeux sont fixés sur lui. Il veut avoir l'air dégagé, mais la veine qui palpite à son cou le trahit.

Il vient lentement vers moi. Je devine ce qu'il va faire et commence à courir. Je cours, je cours aussi vite que je peux. Si je ne riais pas, j'irais plus vite. Je saute par-dessus les jouets de plage abandonnés par les enfants et par-dessus les enfants eux-mêmes. Je me retourne : James me suit toujours !

Je crie :

— Tu ne m'attraperas jamais !

Tu parles ! Il est déjà là ; il me charge sur son épaule et s'élance vers la mer. Il ne réagit pas aux coups de poing que je lui donne dans le dos. Je ne peux pas voir son visage, mais je parie qu'il arbore ce petit sourire fourbe qui fait craquer les filles du campus.

Une fois arrivé à la mer, il me jette dans l'eau et y plonge lui aussi.

Quand nous émergeons, nous sommes tout près l'un de l'autre.

Il me regarde dans les yeux.

Mal à l'aise, je recule, il me suit sans détourner son regard.

— Et voilà, mon paréo est trempé ! fais-je en essayant de dissimuler ma gêne.

Il hausse les épaules.

— Et alors ? De toute façon, il ne te va pas !

Je lui envoie de l'eau à la figure et tente de m'échapper. Il m'attrape et me jette dans l'eau une nouvelle fois.

L'après-midi s'écoule ainsi, entre parties de volley et courses sur la plage.

À la fin du troisième match, nous faisons une pause. Je rejoins Alessandro, assis tout seul sur une petite dune, et m'installe à côté de lui.

— À quoi tu joues ? Au garçon mystérieux qui regarde la mer ?

Il rit et me donne une bourrade de l'épaule.

— Tu m'avais caché que tu étais une championne de volley.

— Il y a tant de choses que tu ne sais pas de moi…

Il me fixe de son regard profond comme s'il voulait saisir mes pensées.

— Pas grave, on aura tout le temps du monde, me dit-il en coinçant une mèche de mes cheveux trempés derrière mon oreille.

Je m'esclaffe pour dissimuler mon embarras :

— Une règle d'or : ne jamais remettre au lendemain ce que tu peux faire aujourd'hui !

On dirait ma mère : elle est obsédée par les proverbes. Tout à coup, je sens que mes parents me manquent. Je me demande ce qu'ils sont en train de faire maintenant…

— Mademoiselle Lanieri, vous vous dégonflez ou vous voulez une revanche ?

James vient d'arriver, de nouveau trempé de la tête aux pieds.

— Hé, ho ! Je te signale que c'est toujours moi qui ai gagné !

Il hausse les épaules et me tend la main avec son petit sourire en coin.

— À tout à l'heure, dis-je à Alessandro.

Je me lève et m'éloigne pour gagner un énième match.

Plus tard, au bungalow, je sors le fer à friser de ma valise et je lance à Stella :

— Pourquoi tu ne viens pas ? Ça va être génial !

Je retourne dans la salle de bains pour terminer de me préparer. Du coin de l'œil, je vois Stella assise sur son lit, le regard fixé au sol.

— Je n'ai pas envie, Effy. À force de jouer au volley, j'ai une ampoule sous le pied. Vas-y, toi, et amuse-toi bien.

J'ai parlé à Giulia, elle va un peu mieux, continue-t-elle. Elle m'a dit de te faire la bise. La pauvre ! Elle me manque...

Il y a une fête sur la plage. Sofia et Antonella sont déjà parties. Bruce m'a dit qu'il y aurait de la musique, mais le mot qui a surtout retenu mon attention est « buffet ».

— Elle me manque aussi. Tu veux rester dans la chambre comme une petite vieille ? OK ! J'oubliais que tu étais une ballerine de classique...

Je lui tire affectueusement la langue. Stella prend un air indigné et me lance un oreiller en riant.

Je me regarde une dernière fois dans le miroir. J'ai mis un short blanc et un tee-shirt bleu ciel à col bateau. Je passe les mains dans mes cheveux, puis j'embrasse Stella, qui est déjà en pyjama. Au moment où je sors, elle me rappelle :

— Effy, une dernière chose. Aujourd'hui, quand tu rigolais avec James, Sofia ne vous a pas lâchés des yeux ! Elle était furieuse ! Qu'est-ce qui se passe ? On dirait que tu craques pour lui...

Je ris à cette seule pensée.

— Tu plaisantes ! Je me sens très bien avec Alessandro. James n'est qu'un gamin. J'apprends juste à le connaître et m'efforce de le supporter. Rassure-toi, je n'ai pas l'intention de voler le petit ami de qui que ce soit !

Sur ce, je ferme la porte et me dirige vers la plage.

Des lanternes suspendues partout diffusent une lumière rouge tamisée sous un ciel criblé d'étoiles. Le sable, bouillant cet après-midi, est frais à présent et légèrement humide. Quelques personnes sont assises sur la plage, d'autres s'empiffrent autour du buffet (comme je le ferais moi aussi), deux ou trois couples dansent sur les notes qui jaillissent des haut-parleurs. Tous ont l'air si heureux ! La soirée est magique !

Je cherche les copains des yeux et ne trouve que Bruce. Il vient à ma rencontre, un gobelet en plastique rouge dans la main.

— Finalement, Stella est restée dans sa chambre ? demande-t-il.

— Oui, je n'ai pas réussi à la convaincre. Où sont les autres ? dis-je en regardant autour de moi.

— James est quelque part avec Sofia, et Alessandro est en train de bavarder avec la fille du bar…

J'accuse le coup. Je pivote d'un bloc et le vois.

Alessandro écoute, amusé, la « fille du bar » qui lui raconte quelque chose. Je me dis : « Tu n'as aucune raison d'être jalouse ! Alessandro n'est pas ton petit copain et, de toute façon, il ne fait rien de mal. » Mais…

— Salut ! qu'est-ce que tu fais ? demande une voix derrière moi.

Je me retourne : c'est Giacomo. Il porte une chemise bleu ciel déboutonnée et un jean blanc coupé au genou.

— Rien. J'étais en train de chercher mes amis…

Du coin de l'œil, je vois qu'Alessandro m'a repérée. Parfait ! Je glisse la main sous le bras de Giacomo.

— On fait une balade ?

Il me jette un regard surpris.

— Volontiers !

Je m'assure d'être dans le champ de vision d'Alessandro avant d'entraîner Giacomo le long de la plage.

— C'est tellement beau ici ! Je n'ai pas envie de repartir…, dis-je devant la mer.

Je sens ses yeux fixés sur moi.

— C'est vrai.

Nous nous asseyons au bord de l'eau. J'enlève mes sandales et laisse les vagues me chatouiller les pieds.

— Pourquoi est-ce que tu t'es teint les cheveux en rose ? demande tout à coup Giacomo.

— Ah ! je m'esclaffe, je comprends maintenant pourquoi tu me regardes parfois d'un air pensif. Tu essaies de percer le mystère de mes cheveux.

Il lève les mains.

— OK, je plaide coupable !

— Eh bien, je l'ai fait parce que je suis probablement folle, et parce que ça me plaît. J'en avais marre de me voir toujours pareille.

Giacomo hoche la tête, puis plisse les yeux comme pour mieux voir quelque chose à ses pieds. Il fouille dans le sable et en sort un magnifique coquillage.

— Regarde ce que j'ai trouvé ! Tiens.

Il le pose dans ma main : il est pourpre, lisse et parfait.

— Il est vraiment magnifique… Je peux te poser une question ?

— Vas-y.

— Ça t'est déjà arrivé de te sentir sur la même longueur d'onde qu'une personne que tu connais depuis peu ?

— Cela dépend de ce que tu appelles « longueur d'onde »…

Giacomo se lève et me tend la main. Je me mets debout à mon tour. Nous recommençons à marcher…

— Mmm, fais-je, j'ai su que tu as apporté à Stella son jus de fruits à table. C'est super sympa de ta part !

— Ah, bon ? Ce n'était rien !

Il s'arrête et se tourne vers moi.

— À dire vrai, j'aurais préféré que ce soit toi à sa place…

J'essaie de plaisanter :

— OK, alors, on n'a qu'à dire que, si tu me promets de m'apporter un muffin, je passerai te dire bonjour,

— Bien sûr. Je n'attends que ça.

Il se rapproche un peu.

Non : il s'approche *trop*.

Je m'écarte légèrement, mais il n'a pas l'air de comprendre.

Qu'est-ce qu'il est en train de…

Oh ! Il m'a embrassée !

Je fais un bond en arrière.

— Ça va pas ! Je…

J'entends un cri étouffé dans mon dos et, soudain, c'est le désastre.

Stella se tient à quelques pas de nous, deux verres en plastique à la main, les larmes aux yeux. Avec elle, il y a Alessandro et James, qui me regardent, sidérés.

C'est la fin du monde. Maman, papa, sachez que je vous aime ! Mes yeux reviennent se poser sur Stella. Moi aussi, j'ai les larmes aux yeux.

— Stella, je…

Elle laisse tomber les verres, fait volte-face et s'enfuit.

Je lance un regard furieux à Giacomo et je cours derrière elle. Quand j'arrive enfin à la rejoindre, nous nous trouvons au milieu de la fête.

Je la prends par la main et je l'oblige à se tourner vers moi. Sa lèvre inférieure tremble.

— Stella, je suis désolée ! C'est lui qui…

— Effy, arrête ! crie-t-elle.

Je suis stupéfaite : je ne l'avais jamais entendue crier.

Les gens nous observent. Je cherche Alessandro : il n'est plus là. Sofia sourit méchamment, près d'elle, James. Il a l'air sombre.

Stella me fusille du regard.

— Tu as fait semblant d'être mon amie, comme tu fais avec tous, mais en réalité, tu n'en as rien à faire ! La seule chose qui t'importe, c'est d'être au centre de l'attention !

Le silence est tombé autour de nous. Tout le monde l'a entendue.

Je ne sais pas quoi dire. Stella ne peut pas penser ça... Impossible qu'elle croie que je suis comme ça !

— Tu sais quoi ? continue-t-elle. Sofia est peut-être une vipère, mais tu es pire qu'elle !

Je sursaute ; ça fait très mal. Sans rien ajouter, elle fait demi-tour et court vers notre bungalow.

Je suis pétrifiée. Le souffle coupé, je fonds en larmes.

13

Counting Stars – OneRepublic

Let Me Love You – Justin Bieber

Et me revoilà dans le même champ.

Cette fois, à la place des couples de parents, il y a mes amis.

Isabella et Lorenzo, assis sur une couverture, sont en train de manger des sushis et de rigoler parce qu'elle ne sait pas utiliser les baguettes.

James et Bruce jouent aux échecs sur une autre couverture.

Non loin de là, il y a Sofia et Stella. Elles me regardent et rient. Stella a la même expression diabolique que Sofia.

Je cherche Alessandro du regard, mais ne le vois nulle part.

J'aperçois Andrea et Giulia. Quand je me dirige vers eux, mon attention est attirée par la silhouette désormais familière de l'enfant sur la colline.

Je bifurque pour aller vers lui, mais soudain tout prend feu.

Mes amis disparaissent, l'enfant, lui, est toujours là.

Comme moi, cerné par les flammes.

Je hurle :

— Nooon !

Je me réveille encore une fois en sueur. Il n'est que minuit et demi.

Quel est le sens de ces rêves ? Je n'arrive pas à trouver de réponse.

Ils sont probablement causés par le stress.

Ces derniers jours ont été terribles. Depuis qu'on est revenus de la mer, Stella ne m'adresse plus la parole.

Andrea et Giulia m'ont demandé des explications. Quand je leur ai raconté ce qui s'est vraiment passé, ils m'ont comprise. Depuis, ils essaient de raisonner Stella ; en vain.

Le stage m'épuise. Ils devraient indiquer dans la brochure : « Destruction totale de toute distraction, de la détente et de la stabilité mentale ».

Ferranti a préparé une chorégraphie et m'a placée sur le devant de la scène, près de Stella et de Sofia, probablement pour se moquer de moi.

De l'arrière, Antonella m'a lancé un regard qui signifiait : « Oui, chère Effy, elle le fait exprès. Elle veut t'humilier devant tout le monde. Bonne chance… »

Et c'est exactement ce qui arrive. Elle n'arrête pas de me critiquer, prétend que je fais tout de travers.

En ce qui concerne mon « désormais meilleur ami », Rick : l'autre jour, en début de cours, il nous a remis un texte long de trois pages à apprendre par cœur en une demi-heure.

Trente minutes plus tard, j'étais sur la scène, sans aucune feuille à la main, ne pouvant compter que sur ma mémoire d'éléphant pour me rappeler ce véritable roman-fleuve. J'ai récité les deux premières phrases avec ardeur ; quant à la suite, ça a été une catastrophe.

En compensation, tout s'est bien passé en musique. J'ai appris les accords d'une chanson à la guitare avec une telle facilité que je n'en revenais pas.

Au cours de chant, on nous avait donné une journée pour préparer une chanson. Sans réfléchir, j'ai choisi *Kiss You* des One Direction. Les garçons se sont moqués de moi toute la journée. James en a entendu parler et, ce matin, il a lâché :

— Et si je me laissais pousser les cheveux comme Harry Styles ? Tu crois que je serais assez sexy ?

Je lui ai lancé un regard assassin et je suis partie : on ne touche pas à Harry.

Comme je n'arrive pas à me rendormir, j'allume mon ordinateur pour regarder un épisode de ma série TV préférée sur les vampires.

Vingt minutes après, mes yeux se ferment et je commence à rêver à de beaux garçons immortels aux longues canines.

Soudain un bruit persistant se glisse dans mon rêve.

Toc-toc. Je marmonne :

— Non… non, ne me mords pas… enfin, si…

Toc-toc, toc-toc.

Le bruit continue, toujours plus fort et insistant. Je m'assieds et je me frotte les yeux. Quelqu'un frappe à la porte.

Je suis en retard ou quoi ? Pourtant, il me semblait bien avoir mis le réveil à sonner…

J'allume mon téléphone. La lumière de l'écran m'aveugle.

5 h 13.

Il s'est passé quelque chose ?

Je bondis sur mes pieds et cours ouvrir la porte. Michelle se tient derrière, les bras croisés.

— Tout le monde dans la cour dans dix minutes ! Aucun retard ne sera toléré !

Qu'est-ce qui se passe ? Ils veulent peut-être nous faire une communication, mais… à cinq heures du matin ?

Je n'allume pas la lumière, ça me ferait trop mal aux yeux. J'attrape les premiers habits qui me tombent sous la main et je les enfile à la hâte dans l'obscurité, tout engourdie. J'ai trop sommeil.

Quand j'arrive dans la cour, le soleil n'est pas encore levé et l'air frais du matin me rappelle l'hiver dernier, quand je me levais tôt pour aller à l'école. J'ai la chair de poule : comme je voudrais avoir le sweat que j'ai laissé dans l'armoire…

Les élèves sont disposés en rangs. J'ai l'impression d'être à un rassemblement de militaires à la caserne, prêts à partir pour la guerre.

Toutes les têtes se tournent vers moi.

Devant les élèves se tiennent le principal, Rick, Mlle Ferranti et Michelle.

— Vous êtes en retard, me lance Ferranti.

J'ai toujours su qu'elle me détestait.

— Je suis désolée…

Je cherche mes amis du regard. Je vois James, à moitié réveillé lui aussi ; Alessandro, ses cheveux longs plus décoiffés que les miens ; Sofia qui, par je ne sais quel miracle, est parfaite à cette heure impossible et, enfin, mon groupe.

Je me place entre Andrea et Giulia. Il vaut mieux rester à bonne distance de Stella… Quand je suis arrivée, elle m'a toisée d'un regard meurtrier.

Je chuchote :

— Qu'est-ce qui se passe ?

— Effy, dit Giulia, mais… comment tu t'es habillée ?

Je regarde mes vêtements et je constate que j'ai un jean long (qu'on ne met plus depuis le mois de mai) et ma robe de chambre à la place d'un tee-shirt. Mes cheveux ne doivent pas offrir un beau spectacle non plus.

Je m'apprête à répliquer, quand le principal commence à parler.

— Bonjour à tous. Les cours de la journée sont tous annulés.

Un murmure général s'élève.

— L'esprit est comme un parachute, il ne sert que lorsqu'il est ouvert. C'est ce que disait Albert Einstein, et aujourd'hui nous allons appliquer ce précepte : ouvrir notre esprit pour trouver l'équilibre de notre corps. Vous croirez peut-être que les épreuves auxquelles vous serez soumis n'ont rien à voir avec les objectifs de ce stage, mais vous finirez par vous rendre compte que tout est utile pour votre formation. Maintenant, retournez dans vos chambres et mettez des vêtements de sport. En les choisissant, dites-vous que ce soir vous serez peut-être obligés de les jeter directement à la poubelle…

Ils sont devenus dingues !

Hagards et stupéfaits, nous nous exécutons. En redescendant, nous trouvons des cars qui nous attendent sur le parking. Lorsque James propose d'aller prendre sa voiture pour emmener son groupe, les enseignants s'y opposent.

Ils ont peur qu'on s'échappe ou quoi ?

Je monte dans un car à neuf places. En plus de mon groupe, il y a quatre autres élèves que je n'ai vus que deux ou trois fois. Le dernier, c'est le mec au grain de beauté qui suit le même cours de théâtre que moi.

Il a une expression terrorisée. Il fixe un point, comme s'il était ensorcelé, et transpire à grosses gouttes. Je ne suis pas étonnée : il est si maigre et faible qu'à l'idée de faire de l'exercice physique il doit paniquer. Il a du talent, mais sa timidité ne lui permet pas de le prouver.

Giulia, assise à côté de moi, est en train de taper sur son portable.

— À qui tu écris, hein ? dis-je d'un ton blagueur.

Elle me montre rapidement la conversation, je n'arrive pas à lire.

— Effy, tu ne peux pas savoir comme il est canon, celui-là !

J'éclate de rire, imitée par Andrea, qui a lu sur ses lèvres.

— Comment tu l'as connu ?

— Il est au campus avec nous..., répond Giulia d'un ton mystérieux.

Elle aime bien piquer la curiosité des autres.

Tout le long du trajet qui dure une heure, Stella regarde par la fenêtre sans m'adresser la parole.

Le convoi s'arrête en pleine nature. Nous descendons et restons stupéfaits devant le paysage verdoyant. Un pré gigantesque, borné par un bois, nous entoure.

On dirait l'arène de *Hunger Games*.

Au fur et à mesure, les élèves se rassemblent autour de leur professeur principal.

Sur la droite, Michelle nous fait signe d'approcher.

— Par ici ! Vous allez être divisés en trois groupes. L'un ira avec Rick, l'autre avec Mlle Ferranti et le troisième avec moi.

Je prie de tout mon cœur pour être avec Michelle.

Elle lit les listes. Le groupe de Sofia va avec Rick, ainsi que d'autres élèves. J'aimerais tellement être dans le groupe d'Alessandro !

— Roberto Favelli, Federica Lanieri, Antonia Fasella, Stella Abrioni, Giulia Santarelli, Fabrizio Canepa, Luca Morici et Andrea Fabrizzi, avec Mlle Ferranti.

C'est pas vrai ! Est-ce possible d'avoir autant la poisse ?

Nous rejoignons Ferranti à contre-cœur. Aucun d'entre nous ne la supporte, sauf Stella et l'autre fille qui fait probablement de la danse.

— Comme vous l'aurez compris, vous allez réaliser un parcours en plein milieu de la nature. L'un de vous a-t-il été scout ?

Silence général. J'échange un regard perplexe avec Andrea.

Ferranti soupire.

— Tant pis pour vous ! Le parcours, qui se compose de diverses épreuves, vous mènera à une rivière. Pour la franchir, vous devrez marcher sur les pierres qui affleurent à la surface de l'eau. Cette dernière épreuve sera la seule que vous affronterez par deux. Tout est clair ? Bien, allons-y.

— Dans le cas où il m'arriverait quelque chose, dit Giulia, prends mon portable. Le mot de passe est 1234. Et écris à Gian Luigi que je l'ai toujours aimé, OK ?

La première épreuve consiste à grimper sur un arbre à l'aide de cordes. Ils nous prennent pour des descendants de Tarzan, ou quoi ?

Heureusement, nous avons un harnais ; sinon ils me ramasseraient par terre à la petite cuillère.

La première à se lancer dans cette sorte de *Hunger Games* est Stella. Elle réussit à monter tout en haut en moins de deux minutes. Selon moi, c'est un vampire. Cela expliquerait beaucoup de choses…

Tout le monde la regarde, bouche bée.

Puis c'est le tour d'Andrea. Ensuite, ce sera à moi, puis à Giulia et, enfin, aux autres.

Le harnais est très inconfortable, mais je ne me plains pas : c'est ça qui garantit ma survie.

J'escalade l'arbre en cinq minutes. Une fois arrivée au sommet, je découvre de l'autre côté une échelle en bois qui permet de descendre. Ouf !

Avant de m'y engager, je regarde comment se débrouille Giulia.

À mi-chemin, elle commence à hurler :

— Stop ! On fait une pause ! Je n'en peux plus !

Je l'encourage de mon perchoir :

— Allez, Giulia, tu es forte !

Finalement, dix minutes et plein de jurons plus tard, elle arrive au sommet.

L'épreuve suivante consiste à franchir plusieurs troncs abattus en faisant des galipettes. Je ne sais pas faire les galipettes, mes mouvements sont une parfaite imitation de ceux d'un ourson qui roulerait sur lui-même.

Ensuite, nous nous retrouvons devant un champ plein de boue. Mlle Ferranti nous ordonne de le traverser en rampant, comme le font les militaires. Sauf qu'il n'y a pas de filet au-dessus, je ne vois donc pas à quoi sert de ramper.

Manifestement, l'objectif est de nous torturer.

Nous sommes tous là à regarder le champ, horrifiés. Même Stella, qui, jusqu'à présent, a fait preuve de détermination et dynamisme, hésite.

Une voix que je ne connais que trop bien résonne derrière nous :

— Vous êtes en retard, les cocos ! Mon groupe a terminé cette épreuve il y a longtemps !

— Ce n'est pas une compétition, James, lui dis-je en me retournant.

Il lève les yeux au ciel. D'une main, il plaque un sachet de glace sur son front. Près de lui se tient Rick. Quand James voit que tout le monde le fixe sans comprendre ce qu'il fait là, il s'éclaircit la voix et explique :

— Je me suis fait mal au début, et donc mon sympathique ami et moi…

Il donne une claque dans le dos du prof, qui sursaute. C'est vrai que Rick n'aime pas les formalités, mais, là, James exagère. Quel culot, de s'adresser ainsi à un enseignant…

— … sommes venus ici, continue James, pour voir si tout se déroule bien. Mlle Ferranti vous attend déjà à la rivière. Allez, zou ! Rampez !

Je le déteste.

Je rampe comme un serpent en essayant de garder le visage hors de la boue. Mais Giulia qui avance à côté de moi me cogne de l'épaule sans le vouloir et m'enfonce la face dans la terre. Génial ! Bien joué…

J'entends le rire de James.

— Ça tombe bien, tu avais besoin d'un masque de beauté, crie-t-il pour se faire entendre.

— Va te faire f…

Je me rappelle que le prof est là et je m'interromps à temps.

Après avoir traversé le champ, nous sommes couverts de boue de la tête aux pieds. Cependant, certains se sont bien amusés. Andrea n'a pas arrêté de rire. Giulia l'aidait comme elle pouvait, même si elle est plus empotée que lui.

— Tu es super sexy, comme ça, Cheveux-Roses, s'étrangle James.

Je lui donne une bourrade, qui l'envoie à son tour dans cette bouillie immonde. Bien fait !

Ferranti nous attend déjà de l'autre côté de la rivière et nous regarde, impassible.

Le courant est rapide et l'eau plus profonde que je ne le pensais. Il ne manque plus que les crocodiles pour que le tableau soit complet.

Les pierres sur lesquelles nous allons marcher sont toutes petites. Maintenant, je comprends pourquoi on doit y aller deux par deux : on ne peut franchir la rivière qu'avec l'aide de quelqu'un.

— Giulia, tu vas avec Andrea, crie Ferranti.

Ils se prennent par la main. Andrea est un peu maladroit et ils manquent de tomber, mais finalement ils y arrivent.

— Stella et Federica.

Et voilà. Génial.

Stella me lance un regard hargneux. Ça va mal se terminer, je le sens…

Je lui tends la main, elle secoue la tête.

— Sûrement pas. Tu n'as qu'à te débrouiller seule.

— Comme tu veux.

Nous commençons à traverser la rivière chacune de notre côté, sautant d'une pierre à l'autre les bras en croix pour garder l'équilibre.

Tout à coup, Stella vacille et me tend instinctivement la main. Quand elle se rend compte de ce qu'elle fait, elle la retire d'un geste brusque. Si elle continue comme ça, nous allons tomber toutes les deux.

— Stella ! donne-moi la main, ne sois pas stupide !

— Ah ! parce que c'est moi qui suis stupide ? Et toi ? Tu n'as rien fait de stupide ? explose-t-elle.

— Non, justement !

Cette fois, c'est moi qui perds l'équilibre. Je me penche en avant pour m'agripper à Stella, elle recule et, bien sûr, tombe à l'eau. Je la suis de près.

Nous arrivons sur l'autre rive trempées jusqu'aux os. Mlle Ferranti va certainement nous passer un savon…

Ç'a été l'une des journées les plus agaçantes et pénibles de ma vie.

Ces véritables manœuvres militaires ont fait deux blessés. L'un est James, l'autre le garçon au grain de beauté, victime d'un malaise pendant l'épreuve de la boue, quand j'étais déjà à la rivière.

C'est Antonella qui s'en est le mieux sortie. Il paraît qu'elle rampait comme si elle était née et avait été élevée dans la forêt. Elle a bien de la chance !

Giulia était tellement fatiguée qu'elle tenait à peine debout. Quant à Andrea, je crois qu'il s'est bien amusé.

Je retourne dans le dortoir, sale et trempée comme tous les autres. J'ai hâte de me mettre au lit. Pourtant, il est encore très tôt…

Hélas ! le repos devra attendre. Je viens à peine d'entrer dans ma chambre que mon téléphone se met à vibrer. Je regarde l'écran, un appel vidéo d'Isabella. Au milieu de l'après-midi ? J'ai un mauvais pressentiment.

Je réponds. Elle est bouleversée ; avec le mascara qui a coulé sur ses joues, elle a l'air d'un panda.

— C'est fini avec Lorenzo ! sanglote-t-elle.

Il ne manquait plus que ça.

Elle pleure tellement que j'ai du mal à savoir ce qui s'est passé. Je lui demande d'essayer de se calmer pour que je comprenne ce qu'elle raconte.

Entre deux sanglots, elle me dit qu'ils se sont disputés. Apparemment, elle est allée en boîte, elle dansait avec un garçon et elle ne s'était pas rendu compte qu'il était en train de la draguer jusqu'à ce qu'il essaie de l'embrasser. C'est précisément à ce moment-là qu'une « amie » a pris une photo et l'a envoyée à Lorenzo.

Et il l'a quittée.

De nouveau, elle pleure à chaudes larmes. Je voudrais pouvoir la serrer dans mes bras et, pour la première fois, je regrette d'être ici. À quoi servent les amis s'ils ne sont pas là quand on a besoin d'eux ?

Isabella finit par cesser de pleurer. Elle renifle un peu, puis dit :

— Oh, Effy ! je voudrais tellement te ressembler.

En dépit de la situation, j'ai envie de rire.

— Qu'est-ce que tu racontes ?

— Effy, tu es parfaite ! Tu es une comédienne formidable, et ne me dis pas que c'est pas vrai, car sinon tu ne serais pas où tu es. Tu as une assurance que je t'envie à mort ! Même tes cheveux roses te vont à la perfection !

Je n'en crois pas mes oreilles. De l'assurance ? J'ai toujours pensé la même chose d'elle.

— Isa, ça va pas ? C'est moi qui aimerais te ressembler !

Stupéfaite, Isabella reste silencieuse une minute.

— Mais pourquoi ? finit-elle par demander.

— Chaque fois qu'on sort en bande, tu trouves toujours ce qu'il faut dire, tu fais rire tout le monde… Et tu as des super notes à l'école ! On commet tous des erreurs, dis-je en repensant à ce qui s'est passé avec Stella, c'est humain.

Un sourire apparaît sur ses lèvres. Enfin ! Elle me demande comment ça va avec Alessandro, et je passe l'heure suivante à parler de lui.

— Il est incroyable ! On est sur la même longueur d'onde, il devine toujours ce que je pense, dis-je. Je lui ai même parlé de mes parents…

Isabella m'interrompt :

— Quoi, quoi, quoi ? Il doit vraiment beaucoup te plaire.

Isa sait à quel point il m'est difficile de m'ouvrir à quelqu'un sur ce sujet.

Je lui parle aussi de James. Je lui envoie une photo, et elle en reste bouche bée. Bien sûr, James est beau gosse, mais en ce qui concerne le caractère…

— Effy, soupire Isabella, il faut que je te laisse pour préparer mes valises : demain matin, je pars une semaine en Égypte avec mes parents. Lorenzo devait venir aussi, mais… Enfin, tu as compris !

Nous nous quittons en nous promettant de nous appeler bientôt.

Après avoir raccroché, je pense longuement à son coup de fil.

Les amitiés et les rapports de couple sont un peu comme le parcours d'obstacles que nous avons fait aujourd'hui. On peut se retrouver la tête dans la boue ou tomber dans une rivière, mais à la fin, on doit toujours trouver le moyen de s'en sortir et d'aller de l'avant.

Et parfois il faut être assez fort pour laisser partir les personnes qu'on aime…

14

▶ Give Me Love – Ed Sheeran

Ce matin, je me suis réveillée sans avoir envie de faire quoi que ce soit : ni me lever, ni m'habiller, et encore moins me rendre présentable.

Du coup, je garde mon pantalon de pyjama, qui peut à la rigueur passer pour un bas de jogging et j'attache mes cheveux en queue de cheval à la va-vite.

« Je voudrais te ressembler », avait dit Isabella. Eh ben, si elle me voyait à présent, elle retirerait ses paroles…

Je prends mon portable et j'envoie un message à Lorenzo, en lui demandant s'il n'a pas envie de discuter sur Skype un de ces quatre.

Cet après-midi, notre groupe doit répéter, et je ne sais pas ce qui me préoccupe le plus : voir Stella, ou ne pas avoir encore trouvé d'idée pour le spectacle. Nous sommes plutôt mal partis.

En marchant vers l'école, je lance un regard à la cafèt'. Tant pis pour mon muffin du matin, il vaut mieux que j'évite d'y retourner pendant un moment.

Je croise Michelle qui, l'espace d'un instant, semble ne pas me reconnaître.

Dans le couloir, je tombe sur Sofia qui, elle, me regarde comme si elle avait gagné à la loterie. Je ne la supporte pas !

Depuis que Giacomo et moi nous sommes embrassés – ou plutôt, depuis que LUI m'a embrassée –, tout a changé. Je ne parle pratiquement plus à personne, à part Andrea et Giulia. Les profs ne cessent pas de me dire que je suis distraite, mais je ne peux rien y faire. Et nous avons tellement de boulot que je n'ai pas encore eu le temps de m'expliquer avec Alessandro, que je vois très rarement. Inutile de dire que Stella ne m'adresse toujours pas la parole.

Quel gâchis ! Ce week-end à la mer aurait pu être parfait. À présent, quand je suis au lit, avant de m'endormir, ou quand Mlle Ferranti crie contre moi, je ferme les yeux et j'imagine que je suis encore allongée sur la plage et que James me recouvre les bras et les jambes de sable. À la fin, seul mon visage est à l'air libre. Je ne peux m'arrêter de rire. Puis Alessandro arrive, prend une photo de moi et la poste sur Instagram.

Si seulement il n'y avait pas eu ce désastre…

J'ouvre mon casier en pensant au prochain cours de théâtre. James va me lancer ses vannes habituelles qui me remontent le moral et me permettent d'oublier un peu tout ça.

Quand j'entre dans la salle, l'ambiance me paraît sombre : est-ce à cause de mon humeur ? Je me sens abattue, triste et mélancolique.

Rien ne se passe bien aujourd'hui. Pour la première fois depuis le début du stage, j'ai envie d'être dans mon lit, chez moi.

Jenny, la blonde aux lunettes, arrive à son tour et me salue d'un geste de la main. Nous avons fait quelques exercices ensemble et elle m'a paru très sympa.

Le garçon avec le gros grain de beauté – il s'appelle Luca, je l'ai découvert l'autre jour – passe le seuil et me cherche tout de suite des yeux. Je crois que je lui plais. Je lui souris de loin.

James pénètre dans la salle juste avant la sonnerie.

Il ne me regarde même pas. Il s'assied à côté de moi comme toujours, ôte sa veste en cuir et ses lunettes de soleil, qu'il coince dans l'encolure de son tee-shirt. Il a les yeux fixés droit devant lui.

Est-ce qu'il m'évite ? Pourtant, dans la forêt, il plaisantait avec moi...

La sonnerie retentit et Rick entre avec son habituel enthousiasme. Il se frotte les mains et lance :

— Bonjour à tous ! Nous allons commencer par lire la poésie que vous deviez écrire pour aujourd'hui.

Je sursaute : il nous a demandé en effet de composer une poésie sur un sujet libre, et je l'ai même fait... sauf qu'elle se trouve au fond du tiroir de ma table de chevet. Bravo, Effy, vraiment ! Je me donne mentalement une claque.

Un oui pas très convaincant monte de la classe. Rick sourit.

— Parfait ! Alors, je vais appeler trois élèves, qui viendront la réciter sur la scène.

Rick scrute nos visages : il veut sans doute débusquer ceux qui n'ont pas fait leur devoir. S'il me désigne, moi, et qu'il découvre que je ne l'ai pas, j'aurais l'air de quoi ?

Donc, je le regarde dans les yeux de manière désinvolte. Je suis comédienne, non ? Je peux m'en sortir !

— Luigi !

Bien. Un sur trois. Luigi, un garçon tout petit avec des cheveux longs, qui me rappelle le cousin Machin de la Famille Addams, se lève et monte sur scène, une feuille à la main.

Durant une seconde, je suis tentée de réécrire ma poésie pendant qu'il lit ; j'y renonce : Rick s'en apercevrait à coup sûr.

Luigi a terminé. À vrai dire, je n'ai pas suivi ses réflexions d'une profondeur extrême sur le shampooing. Franchement, super poétique comme sujet !

Rick semble d'accord avec moi.

— OK. Euh… La prochaine fois, je vous dirai sur quoi vous devez écrire.

Tout le monde rit. Pas moi : j'ai trop peur qu'il ne m'appelle.

— Voyons un peu. À qui le tour maintenant… James !

James sort une feuille toute chiffonnée de son sac. On dirait qu'il avait balancé son œuvre à la poubelle, avant de décider de la récupérer.

Il s'éclaircit la voix et se lève nonchalamment. Les filles le regardent en bavant comme toujours.

Je me demande quel sujet il a choisi. Les voitures de luxe ? Ses multiples vestes en cuir ? Après le shampooing du cousin Machin, je m'attends à tout.

James monte sur la scène et demande à Rick s'il peut s'asseoir. Le prof acquiesce et le garçon au grain de beauté, qui joue les assistants, lui passe une chaise.

— Ce n'est pas à proprement parler une poésie, mais plutôt un recueil de pensées. Le titre est… (il hésite une seconde)… *Tomber amoureux*.

Je retiens mon souffle tandis qu'il parcourt la classe d'un regard qui n'évite que moi. Rick acquiesce avec un sourire encourageant. James se met à lire.

L'amour est un doux souffle d'air qui vient et s'en va.

Il te fait accomplir des choses que tu n'aurais jamais pensé faire.

Si l'amour te prend, ne le laisse jamais s'envoler ; même si tous t'incitent à le faire, ne les écoute pas.

L'amour est un sentiment si fort et si présent qu'il en est presque palpable.

Parfois, je le perçois dans un chant ou quand je joue de la guitare.

Il est comme une personne rencontrée au détour du chemin, dont on ne peut plus se passer.

Certains n'auront jamais l'occasion de le connaître, l'amour est destiné à ceux qui ont la force de combattre pour leurs sentiments et leurs convictions.

Aucune règle ne guide ceux qui aiment, il faut juste se laisser emporter, pour ne pas regretter un jour d'avoir aimé trop tard et trop peu.

Il a fini. Ses mains, qui serrent la feuille, tremblent légèrement.

Waouh ! Je dois ressembler à ce personnage de dessins animés dont la mâchoire tombe à terre de surprise. C'est drôlement loin de la poésie sur une veste en cuir que j'avais imaginée…

Rick lui fait un signe d'appréciation. Nos camarades murmurent entre eux, stupéfaits. Les filles ne le quittent pas des yeux. James a une nouvelle fois un de ses petits sourires sexy ; puis il me regarde, et son expression s'assombrit.

Je ressens une sorte de vertige. Sa poésie m'a marquée par sa simplicité.

Un vers, en particulier, m'a frappée : « un sentiment si fort et si présent qu'il en est presque palpable »…

Boum ! Je viens d'avoir une idée incroyable ! J'ai l'impression de voir une ampoule s'allumer au-dessus de ma tête.

Je sors un calepin de mon sac, le pose sur mon genou et commence à prendre des notes.

— Effy ? lance Rick. Tu n'es pas en train d'écrire ta poésie maintenant, j'espère ?

Je referme le calepin d'un coup sec, rouge comme une tomate.

— Euh… bien sûr que non, professeur.

— Parfait ! Alors, viens ici et lis la tienne devant tout le monde.

Il m'a eue ! Bravo, Effy, tu es vraiment une actrice géniale, tu mérites un oscar.

— En réalité… je l'ai oubliée dans ma chambre. Mais si vous voulez, je cours la chercher !

Rick soupire, incrédule, avant de dire :

— Tu sais quoi ? J'ai envie de te faire confiance. Apporte-la-moi demain.

Je suis étendue sur la scène du théâtre principal. J'attends que les autres arrivent pour la répétition : j'ai hâte de leur dire ce à quoi j'ai pensé pour le spectacle.

J'entends la porte s'ouvrir et je me lève. C'est Stella, elle est seule. Dès qu'elle me voit, elle baisse les yeux. Nous ne nous sommes plus parlé depuis l'incident du baiser volé, à l'exception de la dispute sur la rivière. Tout en gardant les yeux fixés au sol, elle s'approche de la scène. Dois-je parler la première ?

— Salut.

Elle me regarde, l'air de ne pas savoir comment répondre.

Je décide de poursuivre.

— Écoute, ça n'a pas de sens de continuer à s'éviter. Laisse-moi t'expliquer ce qui s'est…

Elle lève la main pour me faire taire. C'est très clair : elle n'a pas envie de s'exprimer.

— Comme tu veux, dis-je, embêtée.

À ce moment arrivent Giulia et Andrea. Giulia bavarde d'un air joyeux, Andrea hoche la tête en souriant.

Quand Giulia nous voit, elle s'arrête une seconde, puis lâche, mal à l'aise :

— Salut, les filles ! Je ne savais pas que vous étiez déjà là…

Je ne réponds pas, Stella non plus.

Un SMS, que l'on reçoit toutes les trois au même moment, brise le silence.

ANDREA

Désolé de vous interrompre,
ça vous dit de commencer la
répète ? ☺

Ouf, il nous a sorties de cette situation embarrassante.

Quelques minutes plus tard, nous sommes tous assis en cercle sur la scène. Stella tient son carnet de notes à la main, Andrea nous regarde, attendant que l'une de nous prenne la parole.

— Quelqu'un a une idée ? Parce que, à voir vos visages, on croirait que votre chien a bouffé vos sandwichs, dit Giulia.

— Je n'ai pas de chien, répond Stella, ignorant sa tentative d'alléger l'atmosphère.

Je respire à fond et me lance.

— Ce matin, en cours, James a lu une poésie qui m'a donné une idée pour notre spectacle.

Pendant que je la présente, ils me fixent avec une expression indéchiffrable.

— Bref, voilà ce qui m'est venu à l'esprit, fais-je après avoir fini. C'est peut-être nul comme idée, mais…

Giulia se lève et saute de joie.

— Tu rigoles ? Elle est géniale ! Dès que je vois James, je l'embrasse !

J'éclate de rire en imaginant la scène. Je suis contente que cela lui ait plu. Andrea a l'air ravi. Il prend une feuille blanche et écrit : *TU ES UN GÉNIE !*

Soulagée, je prends sa feuille et j'écris de l'autre côté : *MERCI !*

Je me tourne vers Stella dans l'attente d'une réaction. Elle n'a pas dit un seul mot depuis le début.

— Moi, ça ne me plaît pas, déclare-t-elle en détournant le regard.

Je croise les bras.

— Et qu'est-ce qui ne te plaît pas, exactement ?

— L'amour ? Tu es sérieuse ? Rick nous a dit d'éviter la banalité et tu veux faire un spectacle sur l'amour ?

Et voilà ! Ça n'a pas tardé…

Giulia et Andrea gardent les yeux fixés sur le sol : ils savent qu'il vaut mieux ne pas s'en mêler, ce serait prendre parti pour l'une ou pour l'autre.

Je réplique :

— Le pari, c'est précisément de faire quelque chose d'original avec une idée simple.

Je cherche à garder un ton neutre, je n'ai pas envie qu'on se dispute.

Stella reste silencieuse pendant quelques secondes avant de dire :

— Ça ne me plaît toujours pas.

D'accord.

L'après-midi risque d'être long…

Finalement, au bout des trois longues heures, nous avons décidé de retenir mon idée. Ce sont les autres qui ont convaincu Stella, qui d'ailleurs n'avait pas d'autre proposition. Je suis sûre qu'elle a fait tout ce cirque juste pour m'ennuyer.

Maintenant, je suis dans ma chambre, épuisée. Je ne veux plus penser à quoi que ce soit. Ou peut-être à quelque chose de beau qui n'a rien à voir avec ce stage, l'art dramatique, les répétitions, les examens…

Je m'attache les cheveux et m'assieds au bord du lit. Je fixe les murs blancs de ma chambre, si différents de ceux de chez moi, tapissés de photos qui retracent les plus beaux moments de ma vie passés en compagnie des personnes que j'aime. Un souvenir en particulier me revient à l'esprit.

C'était le lendemain de mon onzième anniversaire. Les parents m'avaient autorisée à inviter Isabella pour une soirée pyjama.

Nous nous étions amusées comme deux petites folles : après nous être verni les ongles, nous avions regardé les premiers épisodes d'une nouvelle série sur les vampires qui était géniale.

Une fois Isabella partie, j'étais entrée dans le bureau de mon père pour chercher des feuilles A4 pour l'école.

En fouillant les tiroirs, j'avais déniché un truc plein de poussière, une sorte d'appareil photo.

— Effy ? Tu as trouvé les feuilles ? avait demandé mon père en entrant dans son bureau.

— Pas encore. Ça, qu'est-ce que c'est ? avais-je fait en lui montrant ma trouvaille.

— Oh, ça ? C'est un appareil photo qu'on utilisait quand on était jeunes, ta maman et moi. Tu peux le prendre si tu veux. Non, attends ! Tu sais quoi ? On appelle maman, et on fait une photo ensemble. Qu'en dis-tu ?

Je me lève et sors de mon portefeuille la photo Polaroid prise ce jour-là.

Nous sourions tous les trois, pourtant je me rappelle que maman avait essayé de se sauver parce qu'elle était en train de cuisiner et que sa jupe était tachée de sauce.

J'adore cette photo, prise alors que j'ignorais encore tout de mon passé.

J'attrape mon portable et appelle ce numéro que je connais mieux que le mien.

— Allô ? Ça va, ma chérie ?

Entendre sa voix me procure un sentiment de protection que je n'avais pas éprouvé depuis longtemps.

— Maman ! Oui, ça va…

— Mon petit chat, s'il y a une chose que j'ai apprise en te voyant grandir, c'est à sentir quand tu n'es pas sincère. Allez, dis-moi ce qu'il y a !

Je lui raconte ce qui s'est passé à la mer et la situation qui persiste avec Stella.

— Effy, qu'est-ce que je te répète toujours depuis que tu es petite ?

Je réfléchis une seconde.

— De mettre la main devant la bouche quand je bâille ?

— Oui, d'accord, mais à part ça… Si quelqu'un t'en veut pour quelque chose, tu dois penser à ce que tu as fait et imaginer ce qu'il éprouve. Essaie d'avoir un peu d'empathie ! Si tu étais à sa place, que voudrais-tu que fasse ton amie ?

— Je ne sais pas, il faut que je réfléchisse…

— Fais-le, alors. Effy, on est tous différents : ce qui coule de source pour toi n'est pas forcément la même chose pour les autres.

Plus tard, avant de m'endormir, je m'efforce de suivre le conseil de maman et imaginer ce que j'aurais fait si j'avais vu Stella embrasser Alessandro.

J'aurais probablement réagi de la même manière, sinon pire. Je dois trouver un moyen de m'expliquer, de lui faire comprendre que ce qui est arrivé n'est pas ma faute.

Ma mère a raison, rien ne coule jamais de source.

15

▶ 21 Guns – Green Day

Je suis assise dans le jardin, adossée au tronc du saule. Le vent m'ébouriffe les cheveux, c'est très agréable. En fait, c'est le seul endroit où l'on arrive à supporter la chaleur oppressante. Je suis en train d'écrire dans mon cahier d'histoire du théâtre.

Nous avons pour consigne : « Parle de la pièce *Novecento : pianiste* d'Alessandro Baricco, dont nous avons discuté. Explique ce qui t'a frappé(e) et choisis un passage à jouer en classe. »

J'opte pour la première partie du troisième chapitre, que j'annote en suivant les indications de Rick. Avant, je faisais mes devoirs avec Stella pour que ce soit moins ennuyeux. Elle m'aidait souvent pour les parties à jouer.

Un jour, nous étions justement à cet endroit quand James est arrivé ; il s'est assis avec nous et nous a déclamé des vers de Shakespeare.

Maintenant, lui aussi m'évite : ce doit être la nouvelle mode… La seule qui reste proche de moi et qui m'apporte à manger quand je n'ai pas envie de descendre dîner est Giulia. C'est grâce à elle que je souris encore de temps en temps.

Je me sens vraiment frustrée. J'en suis même réduite à regarder les vidéos que nous avons faites, Stella et moi, la semaine qui a précédé notre week-end à la mer. Sur l'une d'elles, nous essayons de danser un morceau hip-hop d'un chanteur rap, avant de nous rouler par terre, mortes de rire.

— Salut.

Je sursaute, arrachée brusquement à un monde où tous sont heureux et sans souci.

Alessandro s'installe sur l'herbe à côté de moi. Je n'ose pas le regarder, mais je sais que ses yeux verts scrutent la moindre de mes expressions.

Il pose une question qui doit lui trotter dans la tête depuis longtemps.

— Pourquoi tu m'évites ?

Je n'y crois pas !

— Selon toi ?

Je me tourne et le regarde pour la première fois depuis des jours. Il est encore plus beau que dans mon souvenir.

Ses boucles châtaines sont décoiffées, il porte un panama couleur crème à larges bords. L'air perplexe, il jette un regard autour de lui, comme si le ciel ou les gens qui passent par là pouvaient lui donner une réponse.

— Désolé, je ne sais pas.

Je pousse un soupir.

— Pour rien... C'est juste que je pensais qu'après ce qu'on s'était dit... J'ai dû m'imaginer des choses, peut-être...

— À propos de quoi ?

Bon sang, il ne comprend vraiment rien.

— Ben... ce qui s'est passé à la mer... la serveuse...

Il reste un instant silencieux, puis son regard s'illumine : il a enfin compris.

— Tu parles de Melissa ? Mais je ne lui ai parlé que deux fois, et encore.

Ah ! La serveuse blonde s'appelle donc Melissa.

— C'est que j'avais pensé que toi et moi…

— Toi et moi, quoi ?

— Rien, toi et moi, rien du tout.

Furieuse, je décide de me lever, mais il attrape mon poignet et m'oblige à rester assise. À présent, nous sommes pratiquement front contre front. Il me fixe de ses yeux profonds.

— Effy, écoute-moi bien.

Troublée, j'ai du mal à le suivre.

— C'est elle qui me draguait ; elle ne me plaît même pas !

C'est ça ! Je suis sûre qu'elle lui a filé son numéro. Je boude ; pas envie de répondre.

— Effy ?

Je détourne la tête.

Il se place devant moi.

— Tu as fini ?

— Mmm… non, dis-je, en fuyant son regard.

Quand il se déplace encore pour se mettre devant moi, je cède. Il a l'air sincère.

— Bon, d'accord…

Il sourit – aaah, ses fossettes ! –, m'embrasse sur la joue et se lève.

— Alors, tout est comme avant ? fait-il en me tendant la main.

Cette fois, c'est moi qui le force à se rasseoir près de moi. Il sourit comme un gamin de trois ans. Il est trop mignon !

Nous restons muets quelques secondes.

— Dis donc, à part tout ça, tu peux m'expliquer ce que tu fais ici toute seule ?

Avec un sourire amer, je lui dis que Stella ne me parle plus.

Il acquiesce silencieusement avant de se lever, pensif.

— Désolé, je dois y aller maintenant.

Je le suis des yeux pendant qu'il traverse la pelouse.

Ce garçon est une énigme.

Voilà. Je suis arrivée au moment décisif. Mes mains sont moites et mes jambes tremblent.

« Non, il vaut mieux faire marche arrière », me dis-je.

Je me ravise : je dois le faire.

Je pousse la porte. Le ding familier de la cloche suspendue au-dessus annonce mon arrivée.

Giacomo est là. Je savais que, tôt ou tard, je devrais l'affronter de nouveau.

Il se tient derrière le comptoir. Il ne dit rien. Son expression est indéchiffrable. Impossible de savoir s'il est triste, heureux ou en colère. Depuis l'incident, je ne suis plus allée à la cafèt'.

— Salut, finit-il par dire.

— Salut…

— À propos de ce qui s'est passé…

« Non, je t'en prie, n'en parle pas. »

— Laisse tomber, Giacomo, je t'en prie.

— Je ne peux pas. Je ne voulais pas créer d'embrouilles. Dis-moi ce qu'il faut faire pour que tu me pardonnes…

Il s'interrompt : Bruce vient d'entrer dans la cafétéria.

Du regard, je lui lance un appel à l'aide, qu'il saisit au vol.

— Effy, qu'est-ce que tu fiches…, lance-t-il. Ça fait dix minutes que je t'attends pour bosser !

Il s'approche et me fait un clin d'œil. Je joue le jeu.

— Désolée ! Je n'arrivais pas à trouver le livre d'histoire.

Je le prends sous le bras.

— Viens, on va s'asseoir.

Nous nous installons à la table la plus éloignée du comptoir.

— J'attends des remerciements, tu as jusqu'à demain soir…, chuchote Bruce.

Il a raison : sans lui, je serais encore empêtrée dans cette situation embarrassante.

— Merci, merci, merci !

Bruce est au courant. Ce soir-là, quand Stella s'est enfuie et que j'ai éclaté en sanglots au milieu de la piste, c'est lui qui m'a emmenée. Je lui ai raconté ce qui s'était passé et il m'a crue tout de suite, sans douter de moi.

— Pour commencer, fait-il, dis-moi ce que tu veux boire pour que j'aille le chercher. Étant donné que nous avons programmé un looong après-midi d'étude…

Je ris, reconnaissante qu'il m'ait tirée de là.

Il a un sourire adorable. Pourquoi n'y a-t-il pas plus de garçons comme lui dans le monde ?

— Je vais prendre un granité à l'anis, s'il te plaît.

Quelques minutes plus tard, nous sirotons nos boissons. Bruce m'interroge sur Stella, mais comme il voit que je suis mal à l'aise, il change de sujet.

Finalement, nous parlons de mon chien et du sien, resté aux États-Unis. Quand il me dit que c'est un énorme labrador, le film *Marley et moi* me vient tout de suite à l'esprit.

Ça faisait si longtemps que je n'avais pas de conversation aussi simple et détendue avec quelqu'un ! Du coup, j'ai carrément oublié que Giacomo ne se trouvait qu'à quelques mètres de là.

Arrive enfin le moment de lui poser la question qui me brûle les lèvres depuis que je l'ai vu. Je sors ma chaîne avec le croissant de lune et je commence à jouer avec.

— Pourquoi James ne me parle plus ?

Bruce termine sa boisson et me jette un regard embarrassé.

— Aucune idée ! Je sais juste qu'il n'est pas en forme… Il n'arrête pas de se disputer avec Sofia.

Il se tait un instant avant d'ajouter :

— Et puis, n'oublie pas que les gars sont différents des filles. On ne passe pas notre temps à se raconter des potins.

Je ne peux m'empêcher de rire : il a raison, les filles se font trop de films.

Je m'apprête à lui répondre que les femmes ne sont pas aussi compliquées que les hommes, quand mon téléphone commence à vibrer avec insistance. C'est mon alarme qui me rappelle que je dois retourner bosser.

Je remercie Bruce pour le granité et je lui dis au revoir. Puis, sans même regarder Giacomo, de peur qu'il ne se remette à discuter, je sors et file vers les dortoirs. Je monte l'escalier en grimaçant : j'ai mal aux jambes depuis le cours de danse de ce matin.

Arrivée devant ma chambre, je vois qu'un petit mot est scotché sur la porte.

Il faut qu'on s'explique. Rendez-vous ce soir à 18 h 00 au théâtre. Stella.

Je regarde l'heure : il me reste à peine dix minutes !

Je suis curieuse de savoir ce qu'elle veut me dire. Au moins, je vais avoir enfin l'occasion de lui parler et de tout lui raconter.

16

▶ Worry – Jack Garratt

Il règne un silence irréel dans le théatre. J'arrive carrément à entendre ma respiration. Stella, assise au bord de la scène, est en train de se ronger un ongle. Vue d'ici, elle a l'air si petite et vulnérable… en fait, elle l'est vraiment.

Je fais un pas ; elle m'entend et lève la tête. La délicatesse n'a jamais été mon fort.

Je m'avance vers elle.

— Stella, je…

Elle saute sur ses pieds.

— Toi, quoi ? Hein, Effy ? Tu savais parfaitement ce que j'éprouvais pour Giacomo, et ça t'a été complètement égal ! Tu as profité de l'absence de ta meilleure amie à une soirée pour draguer le garçon qui lui plaît ! C'est trop nul !

Il me faut quelques secondes pour digérer ce qu'elle vient de me lancer à la figure. Si quelqu'un entrait maintenant, il croirait sûrement que Stella est en train de jouer un rôle et qu'elle a un vrai talent de comédienne.

Les yeux bleus de Stella s'assombrissent. Elle se passe la main dans les cheveux et se rassied.

— Voilà ce que j'avais à dire, lance-t-elle.

— Alors, à moi. Premièrement, Giacomo ne m'a *jamais* plu. Tu sais bien ce que j'éprouve pour Alessandro.

Elle lève les yeux au ciel.

— Qu'est-ce qu'il y a ?

— Rien. Continue, dit-elle en faisant une grimace.

— Deuxièmement, c'est Giacomo qui a voulu sortir avec moi. Je suis sûre que, dans le fond, tu le sais ; seulement, tu préfères rejeter la faute sur moi.

Touché. En plein dans le mille. Stella s'est renfrognée, mais elle ne me contredit pas.

Elle baisse les yeux. Je continue.

— Tu mérites mieux qu'un mec comme lui ! Ce qui s'est passé en est la preuve. Je ne veux pas que tu sois mal, mais je ne sais plus comment faire pour te demander pardon. Je suis désolée de ne pas m'être rendu compte que Giacomo voulait sortir avec moi... Tu me manques...

— Ouais. Apparemment, tu ne te rends pas compte de beaucoup de choses. Ou tu es aveugle ou tu refuses simplement de comprendre.

Je ne suis plus certaine qu'elle soit encore en train de parler de Giacomo et moi.

— Qu'est-ce que tu veux dire ?

Elle secoue la tête sans me répondre, comme si c'était peine perdue.

Je suis bouleversée : notre amitié se termine donc ici ? Nos fous rires, toutes les difficultés que nous avons surmontées ensemble, le spectacle à préparer avec le groupe...

Je ne sais pas comment je vais faire sans elle.

— OK, j'ai compris. C'est terminé, alors, dis-je, vaincue.

Je m'apprête à partir, mais Stella saute de la scène et vient se jeter dans ses bras. Elle sanglote, blottie contre mon épaule.

Je la serre avec force.

— Pardon, dit-elle. Tu m'as manqué, toi aussi.

J'essuie ses joues baignées de larmes. Elle me sourit.

— Amies comme avant ?

— Amies plus qu'avant !

Je ris de bonheur.

— Je dois filer pour bosser, dis-je ensuite. Et toi, tu fais quoi ? Tu viens avec moi ?

Stella renifle, puis m'indique sa tenue de sport et son chignon.

— En réalité, je pensais m'exercer un peu ici. Les examens approchent.

J'ai un coup au cœur : les évaluations auront lieu dans moins de deux semaines !

— Les profs t'ont appris quelque chose de plus, à toi ? fais-je. Mon prof d'art dramatique nous a promis qu'on en parlerait ces jours-ci, mais pour l'instant nous ne savons rien.

— Nous, la prof de chant a dit que ceux qui ratent les examens sont renvoyés du groupe.

J'espère avoir mal entendu.

— Attends ! Ça signifie que, si quelqu'un se plante à l'examen, le groupe n'existe plus ?

— Non, il devra continuer avec un membre en moins. C'est absurde ! Les évaluations portent sur les quatre disciplines, et il suffit que tu en rates une pour être dehors ! Ça m'angoisse tellement…

Génial ! Je suis curieuse de savoir comment je vais faire en danse.

Angoissée à mort, je dis au revoir à Stella. Je suis presque arrivée à la porte quand elle m'appelle.

— Ah, Effy !

Je me retourne.

— Merci pour le petit mot sur ma porte. Je suis très heureuse qu'on se soit parlé.

Petit mot ? Mais de quel petit mot parle-t-elle ?

Je cours vers le dortoir des garçons, interdit aux filles. Un type à la tête rasée, à la musculature imposante et couverte de tatouages, me barre le passage. Il doit avoir dans les trente-cinq ans.

C'est le gardien du dortoir, celui qui repousse les intrus.

— Stop ! Tu vas où comme ça ?

Il croise les bras et me regarde, un sourcil froncé. Quelques garçons assistent à la scène. L'un d'eux lance :

— Allez, Bob, laisse-la entrer !

D'autres me dévisagent et sifflent. Bande d'idiots !

J'insiste :

— Je cherche Alessandro, je dois lui parler.

Je ne suis pas quelqu'un qui se laisse facilement intimider. Si Stella avait été à ma place, elle se serait déjà effondrée sur le sol.

Bob fronce l'autre sourcil.

— Oui, bien sûr, ironise-t-il. Les filles qui sont venues tout à l'heure voir James voulaient aussi lui « parler ».

Vite, une idée !

— Je monte juste une minute, je vous le jure ! dis-je en lui tendant mon téléphone. Si j'ai trois secondes de retard, vous pouvez le garder.

Ça ne marche pas. Je sors mon joker. Je respire à fond et me mets à pleurer.

— Hé, ne pleure pas ! s'écrie-t-il, l'air paniqué. Bon, d'accord, allez-y, porte 8, mais pas plus d'une minute.

Et hop, c'est dans la poche.

— Merci ! dis-je en sautant de joie.

— Calme-toi ! Tu me donnes le tournis.

Bob jette un coup d'œil autour de lui et, une fois qu'il est sûr que personne ne l'écoute, il s'éclaircit la voix.

— Vas-y. Et dépêche-toi !

Je n'arrive pas à croire qu'il me laisse passer : cela va à l'encontre des règles du campus.

Je lui colle un baiser sur la joue et je monte l'escalier. Du coin de l'œil, je le vois poser la main sur son visage, surpris. Et moi qui pensais que c'était une grosse brute !

Je frappe à la porte d'Alessandro, à bout de souffle.

— J'arrive ! crie-t-il.

Il m'ouvre quelques secondes plus tard. Oups… il ne porte qu'une serviette autour de la taille, ses cheveux sont tout trempés. À ma vue, il s'immobilise. Je n'ai pas le temps de bien voir ses tatouages car il recule brusquement, pour enfiler un tee-shirt.

— Je reviens des douches, dit-il. Comment tu as fait pour entrer dans cette forteresse ?

Ha ! il ignore que je ne m'avoue jamais vaincue. Ses yeux sont légèrement rougis, sans doute à cause du savon, et le vert de ses iris ressort plus que jamais.

— Je me suis débrouillée. Il fallait que je te remercie.

Alessandro sourit : il a compris.

Je me retourne et je m'en vais. En sortant, je salue Bob, assis sur une chaise près de la porte, encore troublé.

Je marche, légère, dans le jardin. Soudain, j'ai une idée.

Le Polaroid !

J'entre au secrétariat : Michelle est là.

— Salut, ma puce ! lance-t-elle gentiment. Que fais-tu là en dehors des heures de cours ?

— Je voulais te demander s'il y a par ici un commerce qui vend des appareils Polaroid.

Michelle réfléchit quelques secondes.

— Eh bien… non, hélas. Mais…

Elle se penche et disparaît un instant derrière le comptoir. Quand elle se relève, elle me tend une clé.

— Figure-toi que ce matin, j'ai justement récupéré un vieux Polaroid dans un carton ; je peux te le prêter. Il est dans ma chambre, sur la table, au dernier étage du dortoir des filles. Attends-moi là-bas, je ferme et j'arrive.

Je n'étais jamais montée jusque-là. Il n'y a que deux chambres de chaque côté du couloir, tandis qu'aux étages du dessous, il y en a au moins cinq.

J'ouvre la porte. C'est un mini appartement avec une salle de bains privée et une petite cuisine. Le soleil couchant éclaire la pièce. Je vois le Polaroid posé sur la table, exactement comme me l'a dit Michelle.

À côté, il y a une photo encadrée. Intriguée, je la prends. C'est Michelle, en tutu, avec un chignon parfait, dans une pose élégante sur une scène. Michelle était-elle une élève de cette école ?

J'entends le bruit de la porte qui s'ouvre derrière moi. Surprise, je me retourne en sursautant, le cadre encore à la main. À sa vue, Michelle s'assombrit.

— Pardonne-moi, Michelle, je ne voulais pas être indiscrète…, fais-je, gênée. Mais cette photo est si belle ! Tu es danseuse ?

Elle soupire, l'air triste : je ne l'ai jamais vue comme ça. Elle me rejoint et prend le cadre.

— Je l'étais. J'ai eu un accident quand j'avais dix-huit ans et ma carrière en est restée là.

Oh, bon sang ! Je ne voulais pas réveiller de mauvais souvenirs. Je suis mortifiée.

— Je suis désolée, je ne savais pas.

Michelle me fait un pauvre sourire. Elle pose la photo sur la table et me tend le Polaroid.

— Ne t'en fais pas, ma grande, tu ne pouvais pas le savoir. Voilà l'appareil. Amuse-toi bien avec !

Deux semaines plus tard

17

Headlights – Robin Schulz

Heart Cry – Drehz

Le temps est passé très vite. À présent, les murs de ma chambre sont tapissés de photos Polaroid que nous avons prises, Stella et moi, dans le champ de tournesols.

Ma relation avec Stella est au beau fixe. De temps en temps, quand nous sommes à la cafèt', je la vois lancer un regard à Giacomo, mais je pense qu'elle a compris qu'elle doit laisser tomber. Elle mérite un garçon qui l'aime sincèrement et qui ne drague pas ses amies.

J'ai appelé Lorenzo par Skype et nous avons bavardé jusque très tard dans la nuit. Il m'a donné des nouvelles de sa famille et m'a dit qu'il a décidé de se raser les cheveux sur les côtés.

Je lui ai demandé ce que pensait Isabella de son changement de style et cela nous a donné l'occasion de parler d'elle.

Comme il m'a dit qu'il était désolé de cette situation, je lui ai conseillé de l'écouter pour comprendre ce qui s'est vraiment passé en boîte. Il m'a promis d'y réfléchir. Quand nous avons raccroché, il était deux heures du matin.

Inutile de dire que, lorsque le réveil a sonné, j'avais de larges cernes sous les yeux.

L'atmosphère est tendue sur le campus : tous les groupes veulent être le meilleur.

Je sors avec Alessandro presque chaque soir ; nous allons à la grange. Un jour, Gianni m'a obligée à chanter sur scène avec Ale ! Je mourais de honte, mais finalement je me suis beaucoup amusée. Nous avons l'intention de recommencer bientôt.

En revanche, je ne me suis pas encore expliquée avec James. Je ne l'ai croisé qu'une fois à la grange, la semaine dernière, et il m'a snobée. Je n'arrive pas à comprendre ce qu'il a à me reprocher. Il paraît que, dernièrement, il est distant aussi avec Alessandro. Peut-être parce qu'il s'inquiète pour sa petite sœur, Annica, qui doit subir une opération du cœur. Je ne savais même pas qu'il avait une sœur, il ne m'a jamais parlé d'elle…

Moi, je n'ai ni frère ni sœur, mais j'imagine que ce doit être terrible de se trouver dans la situation de James.

Ces jours-ci, j'ai aussi d'autres préoccupations.

Les examens de milieu de stage sont presque terminés. Il me reste à passer l'épreuve la plus difficile : la danse.

Celle du chant a été la plus amusante. Pour me préparer, j'ai passé des après-midi entiers avec Giulia ; ainsi, j'ai appris plein de choses sur elle.

Malgré sa taille XL, elle a beaucoup d'assurance ; pourtant, elle se montre parfois fragile. Je l'ai compris la veille des examens.

Pendant que Giulia et moi étions assises au self avec Stella, Giulia nous a dit qu'elle échangeait encore des messages avec le mec du campus dont elle m'avait parlé pendant les manœuvres dans les bois.

— Va le voir et parle-lui ! lui avons-nous conseillé, Stella et moi, en même temps.

— Facile à dire…, a soupiré Giulia. On n'a jamais discuté face à face. Peut-être que, si on se rencontrait pour de vrai, il changerait d'avis… D'accord, je suis une sacrée jolie fille, mais c'est difficile d'assumer un caractère exubérant comme le mien.

Stella et moi avons éclaté de rire même si nous avions compris que cette fille, qui a l'air si sûre d'elle et ouverte au monde, a aussi ses angoisses.

Je suis avec Stella, Giulia et Andrea ; nous sommes assis en cercle dans le jardin du campus, sous le saule. Je me masse la jambe gauche ; tout mon corps me fait un mal de chien. J'espère au moins qu'après la torture de la danse j'aurai des muscles super toniques à la fin de l'été.

C'est la première fois que nous nous retrouvons tous après l'évaluation de musique. C'était compliqué : je ne savais pas si je devais me présenter au piano ou à la guitare, vu que je fais les deux pendant mes cours hebdomadaires. Finalement, j'ai choisi la guitare. Par chance, Bruce m'avait donné quelques leçons après l'école, sinon je n'aurais jamais réussi.

Ce matin, Stella et moi sommes restées enfermées dans l'une des salles de danse pendant plusieurs heures. Elle me donne un sacré coup de main pour le ballet. Nous avons conclu une sorte de pacte : elle m'aide à travailler la danse, tandis que moi, j'essaie de lui apprendre à réciter une poésie. À la fin, elle s'est montrée meilleure comédienne que ce à quoi je m'attendais.

— Hé, les gens ! Je meurs de faim, lance Giulia.

Je regarde l'heure.

— Patience, on va manger dans une demi-heure.

Le soleil brille dans un ciel sans nuages. Stella, les yeux fermés et le visage levé, écoute un morceau de musique classique à travers ses écouteurs. Elle a pris quelques couleurs ; cela lui va mieux que sa pâleur habituelle.

Je regarde Andrea : je suis sûre qu'il est en train d'observer Stella, caché derrière ses lunettes de soleil. Giulia, qui s'en rend compte elle aussi, me lance un regard complice. Nous nous levons discrètement et nous éloignons, mine de rien. Andrea nous lance un regard mi-surpris, mi-reconnaissant.

Je sors mon portable et je lui envoie un message.

MOI

Va t'asseoir à côté d'elle !

Andrea lit le message, remue la tête, amusé, et s'installe près de mon amie.

Elle le regarde, étonnée. Il lui tire la langue, et Stella éclate de rire.

Nous allons nous asseoir à une table du self. Il est encore fermé, c'est pourquoi nous sommes seules, Giulia, Stella et moi.

— Alors, commence Stella. Angoissées pour l'examen ?

Je soupire.

— Ouh ! tu n'as pas idée.

— C'est quand pour toi ?

— Lundi. Tu te rends compte ? Si je ne suis pas reçue, je serai éliminée du groupe. Fini, terminé, dehors !

— Bah, ce n'est pas la fin du monde. Tu continues à suivre les cours et, de toute façon, tu peux passer le repêchage, non ?

C'est vrai. Si un élève n'est pas reçu à une épreuve, il a quarante-huit heures pour tenter une seconde chance. C'est bien peu de temps...

— Je suis certaine que tu réussiras du premier coup, dit Giulia. En attendant, si on allait faire la queue au comptoir ?

Je regarde dans cette direction ; deux aides de cantine vêtues de blanc, avec leur petit chapeau sur la tête, ont l'air de s'ennuyer ferme.

— Mais... Giulia, il n'y a personne encore !

Elle se lève, satisfaite.

— Tant mieux ! Comme ça, on sera les premières !

Deux jours plus tard.

Stella glisse la dernière épingle dans mon chignon. Comme mes cheveux ne sont pas très longs, il n'est pas facile de les attacher.

Elle me prend par les épaules et me tourne vers elle :

— Écoute-moi bien. Ça fait cinq jours qu'on s'entraîne ! Alors, tu montes sur scène et tu casses la baraque, OK ?

Je la serre dans mes bras. Comment ferais-je sans elle ?

Avant de monter sur l'échafaud... heu, sur scène, je me regarde dans le miroir : mon body violet et mes demi-pointes forment ma tenue très originale.

— Federica Lanieri, lance Mlle Ferranti.

Je respire à fond : je peux y arriver !

Je sors des coulisses pour m'installer au centre de la scène, marqué par un X de ruban adhésif.

Mlle Ferranti et une autre enseignante sont assises au premier rang, l'air super sérieux.

Bel encouragement...

Stella, installée au troisième rang, lève les pouces. Je fais un signe et la musique est lancée. C'est bizarre, je sens comme un vide. Je lève le bras droit et j'avance mes pieds, quand quelque chose attire mon attention.

Un garçon, debout au fond du théâtre, me fixe du regard.

James ! Qu'est-ce qu'il fait là ?

Je me fige, oubliant ma chorégraphie.

Je regarde Stella : elle se tient la tête entre les mains, désespérée. Inutile de décrire l'expression de Mlle Ferranti : je crois que si elle pouvait me chasser de l'école, elle le ferait sur-le-champ.

Je bats des paupières et j'essaie de reprendre mes pas. Ils ne sont pas parfaits et, évidemment, le fait de m'être arrêtée au début me pénalise, mais au moins j'arrive à aller jusqu'au bout.

Je quitte la scène dès que j'ai terminé, sans laisser le temps à personne de dire quoi que ce soit. J'enlève rapidement mes chaussons et j'enfile ceux de gymnastique.

Je traverse tout le théâtre. James n'est plus là, j'entends Stella crier dans mon dos :

— Effy, attends ! Ça va être à moi !

— Je reviens ! fais-je en sortant du théâtre.

Le voilà. Il marche, les mains dans les poches et la tête basse.

Je l'appelle :

— James ! Je peux savoir à quoi tu joues ? Ça fait plus de deux semaines que tu ne m'adresses pas la parole, pour je ne sais quelle raison, et tu viens me déranger pendant l'évaluation ?

Il se retourne, esquisse un sourire amer et vient à ma rencontre.

— Tu n'as rien compris, Effy.

Quoi ?

— Qu'est-ce que je devrais comprendre ?

— Rien, laisse tomber. Ç'a été une période difficile, j'étais inquiet pour ma sœur. Elle a été opérée ; heureusement, elle va bien…

Il se tait quelques secondes, puis me regarde droit dans les yeux et essuie la larme qui coule sur ma joue.

— Pourquoi tu es aussi peu sûre de toi ? Commence à vivre, fiche-toi des autres !

Je m'écarte de lui, troublée.

— Pardonne-moi, je voulais juste te voir. J'ai appris que tu passais ton examen à cette heure-ci, et…

Sans réfléchir, je le serre dans mes bras.

— Tu m'as manqué, dis-je, la joue écrasée contre son torse.

— Toi aussi, tu m'as manqué, Cheveux-Roses. Toi aussi.

18

Re-arrange – Biffy Clyro

Le jardin est plein à craquer. Les gens se bousculent comme à un concert ; je n'arrive même pas à m'approcher des tableaux affichés à l'entrée de l'école, où sont indiqués les résultats des examens. Michelle essaie de faire régner l'ordre, en vain.

Nous sommes là, mon groupe et moi, hésitant à nous jeter dans la mêlée. Personnellement, je n'ai pas besoin de vérifier, je crois connaître déjà le résultat…

Mais, comme on dit, il ne faut jamais perdre l'espoir.

— Bon, j'y vais, moi, soupire Stella. Je suis la plus mince, je vais me faufiler.

Elle me passe son sac à dos et se lance dans la cohue. Deux secondes plus tard, elle a disparu.

Quand elle revient, nous lui sautons dessus tous les trois.

— Alors ? Alors ?

— Du calme ! J'ai pris une photo avec mon portable. On va vérifier.

Elle allume son écran.

— Alors, moi…

Stella nous regarde, l'air hagard, puis elle se met à hurler :

— JE SUIS REÇUUUE ! OUIIIII !

Maintenant, nous sautons de joie toutes les trois. Andrea nous observe en souriant. Quand Stella s'est calmée, elle reprend sa lecture.

Elle regarde Giulia et s'écrie :

— TOI AUSSI, TU ES REÇUUUE !

OK. Et moi ?

— Et toi, Effy... il te manque la danse.

Ah ! J'encaisse le coup ; dans le fond, je m'y attendais. Je suis déçue par moi-même. Je m'étais promis de donner le maximum, et voilà...

Soudain, c'est comme si je voyais tout au ralenti : Stella qui fait une moue avant de se retourner pour dire à Andrea qu'il est reçu et lui qui la prend dans ses bras et la fait tourbillonner.

James avait raison, c'est entièrement ma faute : je dois me ressaisir et commencer à vivre véritablement.

— Tiens, fait Stella. Alessandro aussi est recalé, dans l'art dramatique.

Je suis assise dans l'herbe, seule : les autres sont allés fêter leur admission.

— Tu ne voulais pas aller avec les autres ? demande Michelle, qui s'installe à côté de moi.

— Non, pas envie... J'ai été recalée en danse.

— Vraiment ? Je suis désolée... Mais rien n'est perdu ! Réfléchis à ce que tu vas présenter pour l'examen de repêchage, après-demain.

— Qu'est-ce que je pourrais préparer ? J'avais l'impression d'être déjà au point, et puis... je ne sais pas, je me suis bloquée...

— Effy, tu ne peux pas quitter ton groupe ! Ils comptent sur toi. Toi aussi, tu tiens à eux, et...

— Je sais, Michelle, je sais ! dis-je un peu trop brusquement. J'ai été stupide, je me suis laissé distraire par James. Cela dit, je manque tellement d'assurance, que l'examen se serait mal passé de toute façon.

— Pourquoi tu dis ça ?

— C'est cette petite voix intérieure qui me dit que je ne suis pas faite pour la danse… Et il y a sûrement bien d'autres choses qui…

Michelle m'interrompt.

— Ne dis jamais ça ! Rappelle-toi que tout est dans la tête, Effy. Si tu continues à te répéter que tu ne sais pas danser, ton corps finira par s'en convaincre.

Si ses paroles sont vraies, mon corps doit y croire dur comme fer. Je me le suis répété tellement souvent !

— Tu es occupée demain ? demande-t-elle tout à coup.

— Non. Enfin, si, je dois me préparer pour le repêchage…

— OK. Alors, je t'attends demain matin à huit heures devant la cafèt'. Ne sois pas en retard !

Je regarde une de mes photos Polaroid préférées, prise à la grange : j'y suis avec Alessandro, qui passe le bras autour de mes épaules. Nous sommes morts de rire : le barman tatoué, Carlo, qui a pris la photo, était en train de se bagarrer avec un moustique.

Je me glisse sous les couvertures en me demandant ce que Michelle a prévu pour demain.

19

▶ Comunque andare – Alessandra Amoroso

Je me suis habillée de façon à être le plus à l'aise possible : une chemise nouée à la taille, un short confortable et un bandana à carreaux qui tient mes cheveux attachés.

J'attends Michelle sous les arcades, à quelques mètres de la cafèt'.

Elle arrive, joyeuse. Elle porte un sac à dos et a un chignon impeccable.

— Alors, tu es prête ? lance-t-elle avec entrain.

— Oui, même si je ne sais pas exactement pour quoi faire.

Michelle me conduit hors du campus, puis bifurque dans un sentier que je n'avais jamais remarqué. À gauche, j'aperçois la grange et Alessandro me vient à l'esprit : il faut que je lui demande quand il passe le repêchage. Il me manque. Je regrette de n'avoir pu assister à ses répétitions : accaparée par les miennes, je n'en ai pas eu le temps.

Au bout d'un long moment, nous arrivons dans une clairière, belle à couper le souffle.

C'est une palette de couleurs où se détache une étendue de fleurs lilas ; les arbres majestueux qui l'entourent lui offrent une ombre délicieuse.

— Waouh... On est où ?

Michelle pose son sac à dos sur l'herbe.

— Tu n'es jamais venue ? Moi, j'étais tout le temps planquée ici quand j'étais élève.

— Non, jamais. C'est magnifique ! Mais... il y a un ruisseau quelque part ?

Un bruit cristallin parvient de la gauche.

— Oui, c'est un petit cours d'eau. Je t'y emmènerai après, on doit d'abord travailler.

La première série d'exercices consiste en ouvertures et étirements divers. J'y suis tellement habituée à force de les faire en cours que je ne sens presque plus la douleur.

Michelle est d'une souplesse extraordinaire ; elle fait le grand écart à la perfection.

Je m'exclame :

— C'est génial ! Tu devrais être prof, pas secrétaire !

Michelle sourit, émue.

— Merci, ma puce, c'est gentil. Vers la fin de mes études à l'académie de danse, j'ai suivi les fillettes de trois à six ans, absolument adorables. Elles m'ont donné bien plus que ce que je leur ai donné à elles. Grâce à l'enthousiasme de ces petites, ces quelques heures étaient les plus belles de ma semaine.

— Alors pourquoi tu as arrêté ? fais-je, étonnée.

Je me mords aussitôt la langue : je connais déjà la réponse...

— À cause de l'accident, dit en effet Michelle. Je suis restée longtemps à l'hôpital, puis il y a eu plusieurs mois de kiné. Une fois la rééducation terminée, j'ai compris que la danse, c'était fini pour moi.

— Pourquoi ?

Michelle soupire. Elle a les yeux légèrement embués, mais son expression est douce, sans colère.

— Eh bien, je n'ai pas vraiment récupéré. La jambe me fait toujours mal si je force trop. Il y a des choses dont on apprécie la valeur après les avoir perdues : notre corps, la vie sont précieux, il faut les préserver et en prendre soin.

Je l'écoute sans rien dire. Quelle tristesse…

Michelle regarde au loin, perdue dans ses pensées.

— Malheureusement, tout ne dépend pas de nous…, reprend-elle au bout d'un moment. Cette voiture m'est arrivée brusquement dessus, je ne l'avais pas vue. Le type au volant n'était même pas ivre, il était juste en train d'envoyer un message sur son portable…

Ses yeux se posent sur moi.

— Rappelle-toi ça, ma puce : nous sommes tous liés les uns aux autres, ajoute-t-elle d'un ton grave. Les répercussions de nos actions peuvent impliquer les autres. Et elles risquent de gâcher la vie de ceux qui n'y sont pour rien.

Elle plante les mains sur ses hanches et respire à fond, les yeux fermés. Quand elle les rouvre, elle sourit : la Michelle de toujours est revenue.

— Assez parlé, maintenant. On a du pain sur la planche. Au boulot !

Nous reprenons les exercices. À la fin, Michelle est en sueur et un peu essoufflée. Elle a sûrement été une formidable danseuse, mais on voit bien qu'elle ne s'entraîne plus depuis longtemps.

Elle tape dans ses mains.

— Maintenant nous allons à la rivière. Enlève tes chaussures.

Je m'exécute en grimaçant : les pieds me font très mal.

Un cours d'eau, plus grand que ce à quoi je m'attendais, apparaît au milieu d'un bosquet. Un tronc jeté dessus relie les deux rives.

— Monte sur le tronc, ordonne Michelle.

— Ça va pas ? Tu as vu *Dirty Dancing* trop de fois !

Elle rit, me prend par la main et m'emmène sur la rive.

Je monte lentement sur la passerelle improvisée, les bras en croix pour garder l'équilibre.

— Avance pas à pas, me dit Michelle, qui s'est hissée derrière moi.

Je regarde en bas : le courant est super rapide ! Si je tombais, qui sait où il m'entraînerait…

Je m'arrête à la moitié du tronc, prise d'un vertige.

— Michelle ?

— Oui ?

— Je veux faire demi-tour !

— N'y pense même pas, ma belle.

J'essaie quand même de me tourner vers elle et mon pied glisse sur la surface humide. Par chance, Michelle m'attrape au dernier moment.

Je me mets à paniquer :

— Je n'y arriverai pas !

Michelle prend une profonde inspiration et dit tout bas :

— Libère ton esprit de toute pensée, Effy. Écoute les grillons, le murmure de l'eau, les oiseaux qui chantent… Dis-toi que tu es sur scène. C'est normal de s'y sentir seule. Mais l'amour, ou le simple fait d'avoir quelqu'un à tes côtés, te donne un sentiment de stabilité. Or, parfois, c'est toi qui dois être cette personne. Il te faut trouver l'équilibre en toi-même. Moi aussi, j'ai affronté de nombreuses difficultés dans ma vie… mais que serait la vie sans obstacles ?

Michelle a raison.

Je dois trouver l'équilibre qui est en moi.

— Troisième et dernière épreuve, dit Michelle, une fois que nous sommes revenues sur la rive.

Elle sort une enceinte de son sac, la pose sur l'herbe, choisit une chanson sur son portable et met le volume au maximum.

C'est un morceau de Taylor Swift, avec un super rythme, très facile à danser.

— Danse ! m'ordonne Michelle, les yeux brillants.

Je reste immobile, surprise.

— Danse, Effy ! Danse comme si tu étais seule dans ta chambre. Oublie les règles, la technique… Amuse-toi, point barre !

Elle me prend la main et commence à bouger avec moi.

— Libère-toi, comme si personne n'était en train de te regarder !

Je commence à me déhancher lentement, incertaine.

— Allez, vas-y ! Même ma grand-mère, quand elle va danser la zumba, remue son derrière plus que toi.

J'éclate de rire et resserre le bandana qui m'attache les cheveux.

Je baisse la tête. Je me concentre. Et me lance.

C'est bon de ne plus avoir de limites, de penser que même si je fais n'importe quoi, personne ne me jugera.

Je sens mon cœur s'ouvrir peu à peu, m'offrant la liberté et un sentiment de paix.

Les yeux toujours fermés, je danse, je danse. Et je chante, et je hurle. La musique change, j'ouvre les yeux, et je ne suis plus dans une immense clairière, mais sur scène, devant Mlle Ferranti.

J'exécute le dernier pas de ballet.

La musique s'achève, Mlle Ferranti esquisse un sourire presque imperceptible.

Assis au premier rang, tous mes amis m'applaudissent. Stella a l'air sidérée, Michelle sourit, émue. James siffle comme un fou, Andrea tape dans ses mains.

Giulia saute sur ses pieds et crie :

— Hé, les mecs ! Cette fille est mon amie !

Et enfin, il y a Alessandro, qui n'applaudit pas, et fixe un point derrière moi.

Giulia se rend compte que je l'observe et lui donne un coup de coude. Il semble alors se réveiller d'un rêve, me regarde et son visage s'illumine.

20

Say You Won't Let Go – James Arthur

Nous sommes tous à la grange pour fêter l'événement. Dehors, les grillons chantent et la pleine lune veille dans le ciel.

Un groupe est en train de jouer un slow ; on dirait une reprise de *Say You Won't Let Go* de James Arthur. Il y a quelques mois, je l'écoutais tous les jours.

Je trinque avec Stella et James.

— À Cheveux-Roses, qui a montré son vrai visage ! dit ce dernier.

— Merci, les amis ! fais-je, touchée. Je n'arrive pas encore à croire que j'y suis arrivée.

Alessandro nous rejoint et m'entoure les épaules de son bras.

— Il n'y a rien que tu ne puisses faire si tu le veux vraiment, me dit-il en m'embrassant sur la joue.

Je le regarde à la dérobée. Il a beau faire comme si de rien n'était, je vois bien qu'il y a quelque chose qui ne va pas aujourd'hui.

Il me prend par la main.

— Viens, Effy !

Alessandro m'entraîne vers la sortie. Il est agité, n'arrête pas de regarder autour de lui.

Je freine.

— Hé ! tu m'inquiètes. Qu'est-ce qu'il y a ?

— Rien. Je suis juste heureux que tu aies réussi.

— Moi aussi. J'y croyais pas du tout.

Il sourit.

— Eh bien, moi, je n'en ai jamais douté, pas même une seconde.

Poussée par une force irrépressible, je m'approche lentement de lui, les mains levées vers son visage.

Il s'immobilise, me regarde, les pupilles dilatées, et puis… boum !

Il attrape mes mains et me repousse brusquement.

— Non ! lâche-t-il avant de pivoter pour sortir de la grange.

Je le suis des yeux, sidérée. Je ne me suis jamais sentie aussi stupide de toute ma vie. Au bout de tout ce temps, Alessandro me fait comprendre que je ne l'intéresse pas. Je ne lui ai jamais plu !

Alors, c'est terminé ? Cela fait bien plus mal que je ne pensais.

Je reste là, les yeux fixés par terre. Soudain, une voix désagréablement familière m'arrache à mes pensées.

— Effy ! Qu'est-ce que tu fais là, toute seule ?

C'est Sofia qui, un verre à la main, me regarde, intriguée. Ça fait drôle de la voir sans personne à ses côtés ; habituellement, elle est avec ses amies, ou bien avec James.

Elle semble différente. Plus vulnérable et sincère, peut-être… Mais pour l'instant, j'ai autre chose en tête.

— Rien, j'étais juste…

Sans un mot, Sofia me prend sous le bras et m'entraîne vers le bar. Hé, bé ! Elle doit être désespérée pour rechercher ma compagnie. Après tout, je le suis tout autant ; alors, pourquoi pas ?

Nous nous installons sur des tabourets, l'une à côté de l'autre, et commandons des boissons.

— C'est bizarre, ce qui se passe, je n'y comprends plus rien..., lâche-t-elle.

— Quoi donc ?

— Tout est si compliqué avec James ! J'ai l'impression qu'il se fiche de mes sentiments pour lui.

Elle boit une gorgée et soupire.

— Avant, on était tout le temps ensemble... Ça me manque.

Sa voix devient indistincte et je n'arrive plus à suivre. Je hoche la tête de temps à autre, alors que toutes mes pensées vont à Alessandro. Il m'a fait tant de mal.

Une main se pose sur mon épaule.

— Il faut que je te parle...

Alessandro ! Je ne veux plus avoir affaire à lui.

— Je vais chercher James, déclare Sofia en descendant de son tabouret.

C'est manifestement un prétexte pour nous laisser seuls.

Je me tourne vers Alessandro.

— J'ai pas envie de t'écouter !

Il m'attrape par le poignet. Il a les yeux rouges.

— Je t'en prie...

Sa lèvre inférieure tremble.

— D'accord. Je te donne cinq minutes, dis-je, inquiète, avant de le suivre dehors.

Dans le ciel, la lune resplendit. Je me frotte les bras : j'ai froid.

Alessandro s'arrête et se tourne vers moi.

— J'ai quitté mon groupe, lance-t-il tout à coup.

— Comment ça, tu l'as quitté ? Tu n'as pas été reçu à l'examen de repêchage ?

— Je ne l'ai même pas passé.

— C'est pas vrai ! Et pourquoi tu me le dis maintenant ?

Alessandro me prend les mains.

— Effy, je me fiche de mon groupe et de ce stage. Je suis là uniquement pour toi.

Je le regarde, troublée.

— J'aurais voulu te rencontrer bien avant…

— Alessandro, je t'en prie… de quoi tu parles ?

Il inspire à fond. Il regarde nos mains unies, puis de nouveau mon visage.

— Le jour de l'incendie, j'étais là, moi aussi…

J'ai la tête qui tourne. L'incendie ? Le jour où mes parents sont morts ?

— Comment ça, tu y étais, toi aussi ?

Alessandro lâche mes mains, soulève sa chemise et me montre un croissant de lune tatoué sur son torse.

Je glisse la main dans le col de mon tee-shirt pour sortir mon talisman. Alessandro le regarde, l'air meurtri.

— J'ai perdu le mien ce jour-là, alors je me suis fait faire un tatouage dès que mon père m'y a autorisé.

Sur ce, il sort sa carte d'identité de sa poche et me la tend. Je la prends, les mains tremblantes, et je lis sa date de naissance.

J'ai un coup au cœur : c'est la mienne !

Je recule, prise d'un pressentiment terrible. Tout est trop absurde, irréel. Je n'arrive plus à le regarder dans les yeux. Alessandro cherche à m'arrêter.

Je lui arrache mon bras.

— Laisse-moi !

J'ai peur, mon cœur bat follement.

Je commence à pleurer.

— Qu'est-ce que ça veut dire, tout ça ?

Perdu, Alessandro serre les poings.

— C'est difficile d'en parler…

Là, je fais la première chose qui me vient à l'esprit : je pivote sur mes talons et je cours vers les bois. Peu m'importe s'il fait nuit, si je ne sais pas où je vais ; peu m'importe si je me perds. Je veux juste m'échapper.

— Effy ! hurle une voix désormais lointaine.

Je me bouche les oreilles et continue de courir.

Après que l'obscurité m'a engloutie, après avoir crié et pleuré, je m'arrête enfin. Je dois reprendre mon souffle. Je marche, je marche droit devant moi. J'ai toujours la tête qui tourne.

Je trébuche, je tombe, je m'égratigne, je me relève.

Je sors mon portable : pas de réseau. Ça m'est égal.

Je m'assieds au pied d'un arbre et me recroqueville, adossée au tronc, mes genoux entre les bras. J'ai froid, si froid…

J'attrape mon pendentif, je l'arrache de mon cou et le jette au loin. Je suis démolie, mon cœur est en morceaux. Je ne veux plus jamais revoir Alessandro.

Je recommence à pleurer. Puis mes paupières se font lourdes, lourdes… Je les ferme.

« Fin du spectacle », me dis-je.

21

▶ Love Story – Taylor Swift

J'ouvre les yeux.

Je suis toujours transie jusqu'aux os, bien que j'aie une grosse couverture sur moi. Ma tête est posée sur un oreiller qui a un parfum familier.

Mais comment ai-je pu atterrir ici ?

Je me redresse dans le lit pour regarder la chambre. Les portes de l'armoire sont nues ; sur le bureau, je vois un MacBook, des clefs de voiture et deux cahiers. L'autre lit est défait, mais vide. Les murs sont décorés de posters de groupes dont je n'ai jamais entendu parler. La guitare de James est appuyée contre la table de chevet.

Voilà où je suis : dans la chambre de James et d'Alessandro.

Je viens à peine d'évoquer son nom qu'une série de souvenirs affleurent.

Alessandro est mon frère. Mon jumeau !

Je n'arrive pas à y croire. Cela ne peut pas être vrai.

Ce qu'il m'a dit hier soir me revient avec force. Il n'est venu au campus que pour moi, tout ce qu'il a fait était pour moi, pour me connaître.

La porte s'ouvre. James entre sur la pointe des pieds.

Il ne me regarde même pas, occupé à garder en équilibre le plateau qu'il porte.

— Hé ! salut, toi, dit-il. Je t'ai apporté le petit déjeuner.

Il pose le plateau sur mes jambes et prend une chaise pour s'installer en face de moi.

Il a choisi ce que je prends toujours : un énorme muffin au chocolat et un cappuccino crémeux.

— Merci, dis-je en mordant dans le muffin. C'est toi qui m'as trouvée ?

James me regarde, embarrassé, et je me rends compte qu'à la place des vêtements d'hier soir je porte un ample tee-shirt blanc et un short de survêt noir.

Il s'éclaircit la voix et sourit.

— Oui. Tes affaires étaient pleines de terre et ton short était carrément déchiré.

Donc, James m'a déshabillée. Génial.

— Je ne vais pas te demander ce qui s'est passé, tu me le diras quand ce sera le bon moment. Contente-toi de manger et de te remettre sur pied, parce que, ensuite, je t'emmène à la répète, dit-il en se levant.

— À la répète de ton groupe ? Habillée comme ça ?

Sofia va bien rigoler…

— Pas d'objection ! lance-t-il. Je n'ai pas l'intention de te laisser ici toute seule : tu pourrais te sauver encore dans les bois.

— D'accord, mais je dois d'abord passer par ma chambre pour me changer.

— OK. Demande acceptée.

James s'approche, hésite un peu, puis m'effleure la joue d'un baiser. Il n'est pas comme d'habitude. Il n'est pas ironique, il parle avec délicatesse et presque de la… douceur ?

Tiens, il faudrait que je me débrouille pour qu'il me trouve dans les bois plus souvent.

— Je vais prendre une douche rapide, je reviens dans cinq minutes, dit-il en ouvrant l'armoire.

Il prend un caleçon et une serviette, me fait un clin d'œil.

— Ne t'échappe pas, Cheveux-Roses !

Je termine mon petit déjeuner à toute vitesse, puis je prends mon portable pour appeler Alessandro.

Une sonnerie… deux… trois… quatre…

Il ne répond pas.

Toute fraîche, parfumée et portant mes propres vêtements, j'entre dans le théâtre avec James.

Nous nous tenons par la main.

La scène est encore déserte, nous sommes arrivés trop tôt.

Je m'assieds tout au fond, dans la pénombre ; comme ça, je ne les distrairai pas pendant qu'ils répètent.

James monte sur l'estrade, installe le tabouret et le micro. Étant donné qu'Alessandro a été éliminé du groupe, il peut soit jouer un rôle, soit chanter.

La porte s'ouvre en grand et Sofia entre, furieuse. Bruce la suit, la guitare en bandoulière.

— Tiens, James ! Te voilà ! crie-t-elle avec une ironie feinte. Tu peux m'expliquer où tu étais passé hier soir ? Je t'ai cherché partout ! Et puis, comme si ça ne suffisait pas, qu'est-ce que je découvre ? Qu'Alessandro n'a pas passé la deuxième épreuve ! Mais dans quel groupe de crétins je suis tombée ?

Elle avance vers la scène sans m'avoir vue. Bruce se tourne vers James et articule en silence : « Tu es mort, mon frère. » Pour toute réponse, ce dernier lui montre son majeur. Je me retiens de rire : la situation est trop absurde.

Sofia et Bruce montent sur scène. James ne dit pas que je suis là. Tant mieux, Sofia enrage bien assez comme ça…

Comment James a-t-il pu se mettre en couple avec une fille comme ça ? Il faudra que je le lui demande. Moi, je ne peux pas rester dans la même pièce qu'elle plus de cinq minutes.

— Alors, lâche Sofia d'un ton sec, reprenons là où on s'était arrêtés la dernière fois. Donc, moi, j'entre en dansant ; Bruce commence à jouer et James attaque la partie chantée.

Dès que résonnent les premiers accords de guitare, une alarme se déclenche en moi.

Cette chanson est si belle ! Et surtout, je l'ai déjà entendue… parce que c'est la nôtre !

Je n'arrive pas à y croire, je ne veux pas y croire. Je bondis sur mes pieds.

— C'est notre chanson ! Vous nous l'avez volée !

Sofia se retourne brusquement, les yeux écarquillés. Elle bat des paupières, comme pour savoir si je suis vraiment là, ou si elle est en train de rêver.

Bruce arrête aussitôt de jouer. James est troublé, il regarde Sofia.

Je pointe mon doigt vers James.

— Toi, tu le savais !

— Non ! Tu crois que je t'aurais fait venir ici, sinon ?

Bruce se tourne vers Sofia :

— C'est vrai que tu leur as volé la chanson ?

— Ben, je… non, je ne l'ai pas volée. Elle… elle ment, balbutie Sofia.

Bruce ôte sa guitare de son épaule et secoue la tête, dégoûté.

— C'est terminé avec toi, Sofia, lance-t-il en se dirigeant vers la sortie.

James a l'air sombre. Sofia essaie de se justifier :

— Écoute, ça ne veut rien dire, tu sais bien que je t'aime, je l'ai fait parce que cette chanson était belle et…

Puis elle fond en larmes.

— Ne dis plus rien ! la coupe James. Tu as dépassé les bornes. Je ne veux plus rien avoir à faire avec toi, tu entends ?

Il la laisse seule sur la scène et vient vers moi. Il me prend par la main et m'entraîne au-dehors.

J'entends Sofia hurler :

— C'est à cause de toi, Effy ! Je te déteste ! Tout est ta faute !

La porte se referme derrière nous et sa voix s'évanouit.

Nous sortons et marchons jusqu'au saule au centre du jardin.

— Effy, dit James.

Il met ses mains sur mes joues et attire mon visage, m'obligeant à le regarder.

— Je l'ai quittée. C'est fini ! Ce cauchemar est terminé.

Une larme coule de mon œil. Il l'essuie de son pouce. Il me sourit et fait la seule chose dont j'ai besoin en ce moment : il me serre dans ses bras.

Nous restons quelques instants ainsi, immobiles dans les bras l'un de l'autre.

Puis il se reprend. Je sais déjà ce qu'il va me demander.

— Dis, entre Alessandro et toi…

Il laisse la phrase en suspens.

— Oh, James ! si tu savais… Je dois y aller maintenant, il faut que je lui parle.

J'essaie d'appeler Alessandro plusieurs fois, en vain.

Je vais carrément au dortoir des garçons, mais Bob me dit qu'il ne l'a pas vu depuis hier soir.

Je ne sais plus où aller, j'ai cherché partout.

Je décide de retourner à ma chambre quand mon portable vibre. Je le sors, les mains tremblantes : et si c'était lui ?

ALESSANDRO

Va dans les bois derrière
la grange, il y a un sentier
recouvert de gravier.
Tu trouveras des petit mots
accrochés aux troncs.
Suis-les.

Je reste quelques secondes les yeux fixés sur l'écran. Mon cœur bat la chamade.

22

▶ Photograph – Ed Sheeran

Je trouve le sentier tout de suite et je commence à le suivre.

Voilà le premier petit mot. Il est suspendu à un tronc à l'orée du bois. Un petit bout de papier rectangulaire. Un seul mot y est écrit à la hâte : *Désolé.*

Je le détache et le glisse dans ma poche.

Bientôt, je trouve un autre bout de papier : *J'ai été stupide.*

C'est sûr, Ale, tu l'as été, et comment !

Revenir dans ces bois me rappelle ma fuite éperdue, hier soir. Mais était-ce vraiment hier ? J'ai l'impression que ça fait des siècles.

Le troisième mot est écrit en majuscules : *J'AI UNE HISTOIRE À TE RACONTER.*

Je soupire : je ne peux que constater que nous avons la même écriture.

J'écarte une branche, je tourne autour d'un pin. En voilà un autre ! Dessus, il n'y a qu'une flèche qui indique la gauche.

J'arrive enfin à destination. C'est une clairière entourée par des arbres très serrés. Je ne suis jamais venue ici.

Je me faufile entre deux troncs. Au milieu sont installés deux chaises recouvertes de velours rouge, comme celles des vieux cinémas, et un petit écran blanc. Je lève la tête et découvre dans les feuillages un projecteur suspendu avec des cordes.

Le projecteur s'allume, je prends place. Les premières images d'un film appparaissent sur l'écran.

Il est tourné dans une école de danse. Une très belle femme se glisse dans le champ, un grand sourire sur le visage. Elle regarde l'objectif et dit : « Allez, Luca, viens me donner un coup de main. » Sa voix est si douce ! On dirait un ange. Elle a des cheveux cuivrés et de beaux yeux verts.

Maman.

Une voix masculine répond : « Prends-la dans tes bras. » L'homme rit.

Papa.

Les larmes coulent sur mes joues, j'ai du mal à garder les yeux ouverts.

La femme s'accroupit. Un instant plus tard, elle revient dans le champ de vision, une petite fille dans les bras. Celle-ci ne doit pas avoir plus de quatre ans. Elle porte un body rose, un collant et un tutu plus grand qu'elle. Ses cheveux châtains sont attachés en deux couettes. Elle a l'air de bouder. « Effy, dit la femme, tu verras que tout va bien se passer. Tu sais que tu es ma danseuse préférée ! » Puis elle frotte son nez contre celui de l'enfant, c'est-à-dire le mien.

— Maman…

J'éclate en sanglots.

Les images changent. Nous ne sommes plus dans une école de danse pleine de miroirs, mais dans une chambre d'enfant. Le plan se resserre pour montrer un petit lit où deux enfants sont allongés, endormis. La fillette, en pyjama, est blottie contre un petit garçon. Lui a les cheveux un peu plus longs et les joues rondes. Il bâille dans son sommeil. Deux fossettes creusent ses joues.

Alessandro.

La caméra pivote vers un homme. Il a de fines lunettes de vue et une expression amusée. « Ils dorment », dit-il à voix basse. La femme apparaît derrière lui et l'embrasse sur la joue. « Mon chéri, c'est prêt, réveille les enfants. Si Ale ne mange pas, il pleure toute la nuit. »

Le film se termine. L'écran redevient blanc.

Je tremble, mes larmes coulent sans que je puisse les retenir.

Alessandro sort de derrière un arbre. Il pleure, lui aussi.

Il vient lentement vers moi. Désormais, je ne vois plus en lui qu'un gamin de quatre ans, et non le garçon mystérieux et détaché d'il y a quelques jours.

Je le serre fort dans mes bras.

Il m'étreint lui aussi et nous pleurons ensemble.

— Après avoir vu ce film, j'étais littéralement en miettes.

Je me lève de mon lit pour boire une gorgée d'eau de la petite bouteille posée sur le bureau. C'est la deuxième fois que je cherche à expliquer à Stella ce qui s'est passé. Quand je le lui ai raconté la première fois, elle a eu l'air presque plus bouleversée que moi.

— Quand il m'a prise dans ses bras, c'était comme si tous les morceaux d'un puzzle reprenaient leur place. Après, nous nous sommes assis, et il m'a dit qu'il avait toujours eu ces films, mais n'avait jamais eu le courage de les regarder. Il m'a raconté que, tout de suite après l'incendie, on m'a emmenée à l'hôpital. J'avais subi un traumatisme et, chaque fois qu'on venait avec lui dans ma chambre, je commençais à m'agiter et à hurler. Alors, dans un premier temps, on a décidé de nous confier à deux familles différentes… Et puis, nous ne nous sommes plus jamais revus.

— Et maintenant ? Tu l'as dit à quelqu'un ?

— Non, j'ai du mal à m'en rendre compte moi-même.

— Et... James ?

Stella me fait un clin d'œil, je ne peux pas m'empêcher de sourire.

— Je ne sais pas, c'est bizarre. C'est comme s'il m'avait sauvée, lui, de cette situation, sans même le vouloir.

Stella soupire, satisfaite.

— Je te l'avais bien dit, Effy. Tu n'as jamais été attirée par Alessandro. Je pense que ce que tu éprouvais pour lui, c'était de l'affection, plus que toute autre chose. James... je ne sais pas, il est si différent de toi : c'est peut-être justement ça qui vous unit. Vous êtes bizarrement synchros, ce n'est pas courant.

— Stella, je ne crois pas que je lui plaise.

Stella bondit sur ses pieds, les yeux exorbités.

— Quoi ? tu es folle ? ou aveugle ? Je te croyais plus intelligente que ça !

Elle éclate de rire. Et soudain, j'ai l'impression d'avoir trouvé une sœur, en plus d'un frère.

23

Unsteady – X Ambassadors

Ça me semble tellement bizarre que tout soit sur le point de se terminer. Les rires avec Stella, mes questionnements au sujet d'Alessandro, les heures de cours avec Mlle Ferranti, les blagues de James… cela me manquera.

Et, pour être sincère, ça m'est égal de gagner. Bien sûr, un voyage à Los Angeles avec mes amis, ce serait génial. Mais quoi qu'il arrive, à ce stade, je peux me déclarer satisfaite de mes performances.

Une seule chose m'importe à présent : Alessandro est mon frère. Que vont dire mes parents quand je leur en parlerai ? Je me demande combien de choses maman et papa ignorent encore… mais je penserai à eux plus tard. Maintenant, je dois me concentrer.

Demain, c'est le grand jour, celui du spectacle. L'angoisse commence à monter. Je ne sais pas si je vais réussir à dormir cette nuit.

Une fois au lit, je revois une dernière fois les textes pour demain…

Je m'endors en lisant.

J'ouvre les yeux. Il fait encore nuit.

Je regarde l'heure sur mon portable. Je n'arrive pas à y croire : il n'est que quatre heures du matin. Je n'ai plus sommeil.

Alors, je fais ce que j'ai l'habitude de faire quand je me réveille pendant la nuit : je vais manger. J'attrape mon téléphone et me lève en essayant de ne pas faire de bruit pour ne pas réveiller Stella qui dort dans l'autre lit de ma chambre.

Les couloirs sont plongés dans un profond silence.

J'arrive aux distributeurs automatiques, mais ils sont vides.

Je regarde par terre : Giulia est encore là ! J'essaie de la réveiller. Rien. Je la secoue, en vain.

Comme je l'ai vu faire plein de fois dans des films, je prends un verre en plastique, je le remplis d'eau froide et le verse sur son visage.

Toujours rien.

Ce n'est pas normal ! Je dois avertir quelqu'un. Les doigts tremblants, je compose le numéro de Stella. Elle ne répond pas.

Je me précipite vers l'escalier et monte quatre à quatre au dernier étage. Je frappe à la porte avec insistance. Michelle vient ouvrir tout ensommeillée, les cheveux ébouriffés. Elle est en train d'enfiler sa robe de chambre.

— Effy, qu'est-ce qui se passe ? Tu vas bien ?

— Moi, ça va ! C'est Giulia ! Je l'ai trouvée par terre dans le hall, inconsciente.

Michelle se réveille brusquement. Elle sort de sa chambre et dévale l'escalier à toute vitesse.

Elle essaie de réveiller Giulia, n'y arrive pas non plus. Elle appelle une ambulance.

Dix minutes plus tard, le hurlement d'une sirène résonne dans le campus.

L'ambulance se gare devant notre dortoir. Quelques filles descendent l'escalier en pyjama, intriguées.

Moi, je reste avec Giulia jusqu'à ce que deux infirmiers arrivent. Ils prennent son pouls et la mettent sur un brancard. Puis ils le montent dans l'ambulance.

Stella arrive à son tour, prise de panique.

— Effy, je viens de voir ton appel ! Pourquoi tu pleures ?

— Giulia a perdu connaissance, on vient de l'emmener aux urgences.

— Mais qu'est-ce qui s'est passé ?

— Je ne sais pas. Michelle est partie avec elle.

Stella me serre dans ses bras.

Désormais, il est presque cinq heures. Je regarde mon portable. James m'a envoyé un message.

JAMES

Effy, ça va ?
J'ai entendu une ambulance, je suis inquiet…

MOI

Oui, moi ça va, mais Giulia a perdu connaissance.
On l'a emmenée à l'hôpital.

La réponse arrive quelques secondes plus tard.

JAMES

Et comment vous allez faire
pour le spectacle demain ?

Je soupire. Je n'en ai pas la moindre idée, ou plutôt, je n'y avais même pas pensé.

Le matin, Stella et moi nous réveillons avec de grands cernes sous les yeux. Peu importe ! Ce qui nous préoccupe, c'est l'état de Giulia.

Michelle m'a envoyé un message : elle s'est réveillée, nous pouvons passer lui rendre visite.

Nous faisons un détour par la cafèt'. Nous poussons toutes les deux un soupir de soulagement en constatant que Giacomo n'est pas là aujourd'hui.

Ni l'une ni l'autre n'avons encore évoqué le spectacle de ce soir. La tension est palpable sur le campus. La cafèt' est plus silencieuse que d'habitude et les dortoirs aussi. Tous ont peur d'échouer.

Je prends un muffin pour l'emporter avec moi et suis Stella vers le parking. James nous attend, adossé à sa Range Rover. Il porte ses lunettes de soleil, peut-être pour cacher sa fatigue.

En nous voyant, il esquisse un sourire. Il m'embrasse sur la joue et salue Stella d'un signe de la main.

Je m'apprête à m'asseoir derrière, mais Stella me demande, les joues toutes rouges :

— Effy, dis… ça ne t'ennuierait pas de te mettre devant, et de laisser Andrea s'asseoir à côté de moi ?

— Bien sûr que non, lui dis-je.

Nous avons bien vu, Giulia et moi, qu'il y avait quelque chose entre eux.

Giulia… Il faut se dépêcher !

Je m'installe à l'avant. Peu après, Andrea arrive et s'assied avec Stella. Du coin de l'œil, je vois qu'elle lui a pris la main.

Andrea est très inquiet. Il suffit de regarder ses yeux pour comprendre qu'il n'a pas beaucoup dormi. C'est compréhensible : Giulia est sa meilleure amie.

Pendant que James règle le GPS et démarre, je branche le câble USB à mon portable pour mettre la musique.

Vingt minutes plus tard, Stella a la tête appuyée sur l'épaule d'Andrea ; ils dorment tous les deux.

James conduit, les yeux fixés sur la route. Il ne parle pas, il doit être inquiet, lui aussi.

— James ?

— Oui, Cheveux-Roses ?

— Merci.

À l'accueil de l'hôpital, une dame dans les soixante ans, épaisses lunettes de vue et cheveux gris, tape d'un air ennuyé sur le clavier de son ordinateur.

— Oui, les enfants ? fait-elle sans même nous regarder.

— On voudrait savoir dans quelle chambre est Giulia Santarelli, dit James.

Il me prend la main et entrelace ses doigts aux miens.

La réceptionniste consulte le registre.

— Chambre 321, troisième étage.

Une fois sur place, nous inspirons tous à fond. Je frappe.

— Entrez ! dit la voix de Michelle.

Il y a quatre lits, deux de chaque côté. Je me dirige vers celui de Giulia, le seul qui soit occupé.

Ses yeux s'illuminent.

— Vous êtes tous là! Je suis trop contente de vous voir !

— Et nous alors ! s'exclame Stella.

Chacun la serre dans ses bras, sauf James, qui l'embrasse sur le front.

Michelle me prend par la main pour m'entraîner dans le couloir.

— Effy, je peux te parler un moment ?

Si Stella et moi pensions avoir mauvaise mine, Michelle nous bat à plate couture. Ses cheveux sont ramassés en un chignon désordonné et ses traits tirés de fatigue. Elle a perdu toute sa joie. Elle porte un pantalon que l'hôpital a dû lui prêter, car la dernière fois que je l'ai vue, elle était en pyjama.

— J'ai parlé aux médecins, Giulia va vite récupérer. Elle a eu une attaque de panique, causée sans doute par l'imminence du spectacle. Seulement, ce soir, elle ne pourra pas chanter… Je suis désolée.

Je m'y attendais un peu : on est dans le pétrin.

Je retourne dans la chambre. Étant donné la façon dont les autres me regardent, je crois que la déception se lit sur mon visage.

— Qu'est-ce qu'il y a ? me demande Stella.

Je soupire.

— C'est fichu pour le spectacle, ce soir.

— Mais vous pouvez très bien le faire, même si je ne suis pas là ! s'exclame Giulia. Effy, je t'ai entendue chanter, tu ne te débrouilles pas mal.

— Ce n'est même pas la peine d'en parler. Sans toi, on ne le fait pas ! déclare Stella.

Giulia nous regarde d'un air sérieux.

— Mais si ! lance Giulia. Vous allez monter sur scène et casser la baraque ! dit-elle avec détermination. Sinon, je culpabiliserai de vous avoir fait perdre une occasion unique de montrer ce que vous valez. Donc, arrêtez de dire n'importe quoi. Ce soir, je veux que vous déchiriez tout, c'est clair ?

24

▶ Sign of the Times – Harry Styles

Pour le spectacle final, une énorme estrade a été montée dans le jardin derrière l'école. On a disposé devant elle d'innombrables rangs de chaises en plastique. On dirait un vrai concert.

Il est sept heures du soir, le soleil a déjà commencé à décliner. L'atmosphère est tendue. Le spectacle est commencé depuis près d'une heure. Toutes les chaises, que je regardais avec émotion cet après-midi en imaginant ce moment, sont occupées.

Les élèves qui se sont produits jusqu'à maintenant ont tous été exceptionnels.

Les idées sont très différentes : les uns ont mis en scène une tribu africaine, les autres une histoire du XIXe siècle, d'autres encore ont préféré un contexte moderne.

Il y a eu une sorte de boys band, qui m'a rappelé les One Direction. Il ne manquait plus qu'une de leurs chansons.

Encore deux groupes, et ce sera à nous. Nous sommes les derniers.

C'est surréaliste de penser que nous ne sommes que trois. J'ai imaginé ce moment pendant tout l'été, sans prévoir ce cas de figure.

Je n'ai pas prévu non plus que je serais plus mûre, plus consciente de ma vie.

À présent que j'ai trouvé Alessandro, je me sens plus protégée que jamais. C'est si bon, de savoir que je peux compter à cent pour cent sur quelqu'un – mon frère !

Nous sommes derrière l'estrade. Andrea est assis, la tête appuyée sur une main. Il est immobile depuis plusieurs minutes, comme s'il méditait.

Stella, elle, continue de parler. Elle fait des exercices d'échauffement, se détend en faisant le grand écart ; elle est incroyable. Pourtant, elle doit être préoccupée, elle aussi, vu que la partie chantée de Giulia me revient. C'est un sérieux problème, parce que, même de loin, ma voix n'est pas comparable à la sienne.

Je propose :

— Et si on enlevait les chansons ?

— Tu es folle ? Le rôle de Giulia est fondamental, on doit absolument le garder ! s'exclame Stella.

— Je sais, je sais, mais si je chante faux ? Je n'ai répété la chanson que tout à l'heure… J'ai peur de me planter !

Stella soupire, comme moi. Nous n'avons pas le choix, il faudra y aller.

L'avant-dernier groupe termine son numéro ; le public l'applaudit, enthousiaste.

Le présentateur – Rick, mon prof d'art dramatique – prend la parole.

— Un grand bravo à ce groupe ! Vous avez été brillants. À présent, nous écouterons un soliste. Il a été éliminé pour diverses raisons, mais il a demandé à participer tout de même, hors compétition. Veuillez accueillir…

Le nom qu'il annonce est couvert par la voix d'une des filles de l'organisation qui me hurle dans l'oreille qu'il faut se préparer.

— Je n'arrive pas à y croire ! Tu as entendu ? souffle Stella, tandis que nous montons les marches qui mènent sur la scène et nous installons derrière le rideau noir.

— Non, pas vraiment.

Elle m'indique le garçon qui sort de la coulisse. C'est Bruce ! Il s'installe au centre de la scène et commence à chanter en s'accompagnant à la guitare. Je ne savais pas qu'il allait se produire !

Mon cœur bat si fort que j'ai peur qu'il n'explose. Du coin de l'œil, je vois Andrea qui prend la main de Stella.

À cet instant, quelqu'un me cache les yeux.

— Qui suis-je ? dit une voix derrière moi.

James ! Il me fixe, un grand sourire aux lèvres. Il est si différent, ce soir…

Ses cheveux noirs, habituellement rebelles, sont maintenus par un peu de gel. Il porte une chemise blanche déboutonnée au col, un jean noir moulant et des Converse. Sa tenue est simple, mais il est très beau.

— Tu es splendide ce soir, me dit-il, comme s'il avait deviné ce que je pensais de lui.

Stella et moi avons décidé de mettre chacune une superbe robe blanche en dentelle, longue jusqu'aux genoux, aux épaules découvertes. La seule différence, c'est que, moi, j'ai les cheveux dénoués et bouclés et des chaussures dorées à petits talons, tandis que Stella porte une tresse en épi de blé et ses inséparables pointes.

Andrea, lui, est beaucoup plus élégant : il a mis un smoking.

— J'ai une proposition à te faire, dit James.

— Il faut que je m'inquiète ?

— Non. Veux-tu que je reprenne le rôle de Giulia ? J'en ai parlé avec le principal. Je lui ai expliqué la situation, et il ne voit pas d'objection. Grâce à cette voleuse de Sofia, je connais la chanson par cœur, ajoute-t-il en riant.

Je n'en crois pas mes oreilles. J'ai trouvé mon super-héros !

Je me jette dans ses bras.

— Oh, oui ! Merci, merci, merci !

Il m'étreint très fort en me caressant la nuque.

— Pour toi, je ferais n'importe quoi, Cheveux-Roses.

À ce moment, Bruce termine et le public en délire l'applaudit à tout rompre.

C'est notre tour.

— Formidable, Bruce ! s'exclame Rick. À présent, j'ai le plaisir d'annoncer le dernier groupe, des jeunes gens extraordinaires. Voici Effy, Stella et Andrea !

Apparemment, Rick n'est pas au courant pour James. Tant mieux, comme ça, il y aura au moins un effet de surprise.

Stella et moi échangeons un regard, comme pour dire : « On casse la baraque et on fait voir aux autres qui on est », puis Andrea et moi montons sur la scène.

James et Stella entreront plus tard.

Au deuxième rang, je vois mes parents, qui m'observent, tout émus. Ma mère me fait un signe de la main. Que c'est bon de les revoir ! Même si ce stage a été une expérience fantastique, ils m'ont énormément manqué.

Ils ignorent que le garçon assis à côté d'eux qui sourit fièrement est mon frère jumeau.

Plus loin, Isabella et Lorenzo, qui se tiennent la main, l'air heureux. Ils ont fini par se réconcilier ! Je ne savais pas qu'ils allaient venir. Je me retiens de sauter de la scène pour les serrer dans mes bras.

Les premiers accords de la musique retentissent.

Je prends une profonde inspiration. Les lumières s'atténuent. Le silence tombe sur le public.

Le seul son perceptible est le chant des grillons dans le lointain.

Je me lance dans mon monologue sur l'amour, avec le piano en fond sonore. Je me suis inspirée de la poésie de James. J'ai voulu écrire un texte simple, mais qui marque vraiment.

Le moment d'introduire les autres arrive.

— … ou peut-être l'amour est-il un pas de danse…

Le cercle lumineux du projecteur se déplace de moi à Stella qui commence sa partie dansée. Elle dure deux minutes ; pourtant, quand elle termine, on a l'impression qu'il ne s'est écoulé que quelques secondes. Je ne me lasse jamais de la regarder danser.

Stella termine par un plié gracieux et s'éloigne. Le cercle lumineux revient se poser sur moi.

— … ou alors une chanson ?

C'est là que James devrait faire son entrée, mais il n'apparaît pas.

Andrea me jette un regard entendu et attaque un morceau au piano, tellement beau et profond que je suis émue aux larmes. Mais c'est inquiétant : cette partie, nous ne l'avons jamais répétée. Il est en train d'improviser !

L'espace d'un instant, je soupçonne Andrea, Stella et James d'avoir tout programmé. Puis j'ai une illumination. Je connais cette chanson ! C'est celle qu'Andrea a jouée ce soir-là à la grange et qu'il a dédiée à une personne spéciale à qui il tient particulièrement.

Et en effet, à la moitié du morceau, Stella monte une nouvelle fois sur scène avec désinvolture.

Heureusement que je suis dans l'ombre, sinon tout le monde verrait mon expression de panique totale.

Stella s'approche d'Andrea, qui continue de jouer, et pose les coudes sur le piano à queue. Ils se regardent en souriant.

Enfin, James fait son entrée, sa guitare en bandoulière. La musique d'Andrea s'affaiblit peu à peu.

James vient vers moi, me prend par la main et m'emmène au centre de la scène.

— Prête à improviser ? murmure-t-il.

Tout à coup, j'ai l'impression d'être revenue au premier jour, quand nous étions, lui et moi, sur la petite scène du cours d'art dramatique. Sauf que, cette fois, c'est la fin de l'aventure.

— Avec toi, toujours ! lui dis-je.

Il fait un signe à Andrea, qui cesse de jouer.

James se met en face de moi et commence à chanter.

Ce n'est pas la chanson de Giulia. C'en est une autre, et les paroles sont magnifiques.

I liked you from the first moment I saw you
Tu m'as plu du premier moment où je t'ai vue

with that pink hair
avec ces cheveux roses

and a breathtaking smile.
et un sourire à couper le souffle.

You drove me crazy
Tu m'as rendu fou

and I don't deserve all you did.
et je ne mérite pas tout ce que tu as fait.

Maybe we're just children…
Peut-être ne sommes-nous que des gamins…

But baby, I think I'm in love with you.
Mais, bébé, je crois que je suis amoureux de toi.

Thanks for showing me the way
Merci de m'avoir montré la voie

to find myself.
pour me trouver.

Je suis sur le point de défaillir. Je le regarde avec un sourire idiot, rivée à ses yeux bleus.

Je voudrais trouver les paroles qu'il faut pour lui répondre, mais l'improvisation n'est pas mon fort. Alors, je fais la chose qui s'impose : je me rapproche et on s'embrasse.

Le public se lève pour nous faire une ovation.

Je tourne la tête vers mes parents : ils sont en larmes. Isabella applaudit comme une folle. Alessandro a les yeux brillants.

Je ne pourrais pas être plus heureuse.

Celle qui ne semble pas du tout heureuse, c'est Sofia, qui nous jette un regard assassin du dernier rang.

Nous nous rassemblons tous les quatre au centre de la scène et nous inclinons, la main dans la main.

25

Everything Has Changed – Taylor Swift

Ma valise est tellement lourde que j'ai du mal à la traîner. James a eu beau insister, j'ai refusé qu'il la porte.

L'aéroport est gigantesque. Je ne suis jamais venue ici : normal, je n'ai jamais pris l'avion. Pour un premier voyage, un vol de seize heures vers Los Angeles, ce n'est pas si mal, hein ?

Son organisation a pris deux semaines : les billets, la maison qui a été louée pour nous, les bagages…

Tout a changé très vite. Il y a quelques jours, sans le dire à personne, je suis allée chez le coiffeur. J'ai décidé de reprendre ma couleur naturelle, mes cheveux sont donc redevenus châtains. Je n'avais plus besoin de me sentir une autre personne : désormais je sais exactement qui je suis et qui je veux être.

La réaction de James a été hilarante. Il a écarté ses bras et lancé : « Et je fais comment, maintenant que je ne peux plus t'appeler Cheveux-Roses ? »

Nous sommes cinq à nous approcher des contrôles, mais seulement trois à partir, hélas !

Stella a passé toute la nuit dernière à pleurer : Andrea a décidé de ne pas venir avec nous.

Le prof de musique l'a encouragé à entreprendre sérieusement une carrière de musicien, il va donc s'inscrire au conservatoire. Il se pourrait bien que, dans quelques années, notre ami devienne un pianiste célèbre.

Je me retourne pour les regarder : ils marchent l'un à côté de l'autre. Stella n'a pas du tout le moral, je lui ai pourtant rappelé qu'ils ne seront pas séparés si longtemps et qu'il y a plein de relations à distance qui fonctionnent.

Pour remplacer Andrea, l'école a fait appel à Bruce. Ils ne pouvaient pas faire de meilleur choix !

Le principal a dit que ses dons ont été grandement appréciés et que sa performance en solo valait celle d'un groupe tout entier.

Bruce est parti la semaine dernière. En tant que citoyen américain, il n'a pas eu à perdre du temps avec la paperasse. Ça fait des jours qu'il nous envoie sur Snapchat des photos de la mer à Santa Monica et de notre logement. J'ai hâte !

Alessandro marche près de moi. Il est un peu démoralisé lui aussi : il a passé des années à me chercher et, à présent que tout s'est enfin arrangé, je m'en vais encore…

Une fois à l'enregistrement, je me tourne vers lui, les larmes aux yeux. Nous nous étreignons de toutes nos forces.

— Effy, n'oublie pas que je serai toujours là pour toi, dit-il, ému. Ça m'est égal s'il y a neuf heures de décalage : tu peux toujours m'appeler, compris ? Tu es une partie de moi ; je ne te laisserai plus jamais disparaître. Bon voyage. Je t'aime.

Il me serre une dernière fois contre lui, puis s'éloigne avec Andrea.

Stella et moi les suivons des yeux, en larmes.

Mon portable vibre.

C'est un message de notre groupe.

GIULIA

Bon voyage !
Vous me manquerez !

Stella, elle aussi, a son portable dans la main. Nous nous regardons, touchées.

Le téléphone vibre une nouvelle fois.

GIULIA

P.-S. J'attends que vous me rameniez
un surfeur américain tout bronzé !
Blond, si possible, hein ?

Nous éclatons de rire toutes les deux.

— Qu'est-ce qui se passe ? demande James.

Je lui montre la conversation et il fait une grimace.

— Rassure-toi, moi, je n'ai pas besoin d'un surfeur. J'ai déjà un garçon beau et mystérieux.

Il m'embrasse pour toute réponse.

— Ah ! James, je peux te poser une question ?

Il me regarde, intrigué.

— Vas-y.

— Le premier jour, quand je suis arrivée sur le campus, vous êtes descendus de la Range Rover, tu as murmuré quelque chose à Alessandro, et vous avez rigolé. Qu'est-ce que tu lui as dit ?

James réfléchit quelques secondes, puis sourit.

— Je lui ai dit que si toutes les filles du campus étaient belles comme toi, je resterais bien aussi pour l'hiver.

J'éclate de rire et je lui donne un coup de poing affectueux dans l'épaule.

James me prend par la main et entrelace ses doigts avec les miens.

Je sors ma chaîne en argent de dessous mon tee-shirt et me mets à jouer avec le croissant de lune. Je l'avais jetée dans les bois mais, heureusement, Alessandro l'a retrouvée. C'est comme si j'emportais mon frère partout avec moi.

C'est le départ, qui marque le début d'une nouvelle et fantastique aventure.

Remerciements

Eh bien oui, nous voici à la fin de ce roman. De mon roman. J'éprouve toujours une sensation étrange quand je le dis.

J'ai encore du mal à croire que j'en suis arrivée à ce point. Écrire a toujours été ma passion et je veux dédier ces dernières pages aux personnes qui ont participé à la réalisation de ce rêve, pas après pas.

Avant tout, je remercie toute l'équipe Fabbri. Merci à Roberta Ferrari qui a été la première à soutenir ce livre, ainsi qu'à tous ses collaborateurs, même ceux que je ne connais pas personnellement.

Merci à Francesco Gungui, avec lequel j'ai échangé ces derniers mois, par e-mail, pour savoir comment améliorer le livre, quelles parties couper, et lesquelles développer. Cela a été formidable de collaborer avec toi, d'être soutenue par ton immense expérience. Tu es une personne adorable et pleine d'idées nouvelles. J'espère que nous aurons d'autres longs voyages à faire ensemble.

Je remercie aussi toutes les autres personnes qui ont collaboré à mon livre.

Merci à Mariagrazia, Luca, Simone, Rossana et toute l'équipe, mes anges gardiens qui, de Rome, me protègent et prennent soin de moi.

Merci à ma sœur Veronica, qui a été la première à lire ce livre quand il n'était encore qu'une esquisse. Elle m'a donné de précieux conseils que j'ai mis à profit.

Merci au reste de ma famille, à mes quatre grands-parents, à ma mère et à mon père qui ne cessent jamais de me dire à quel point ils m'aiment. Ce roman est un peu le leur.

Merci à Michela, mon professeur d'italien de 4e, qui lors des entretiens avec les parents, a dit à ma mère que je devrais être écrivain. Désolée pour toutes les tartines de dix pages qu'elle a dû lire pendant une année entière…

Un merci spécial à ceux qui me suivent sur Instagram et sur d'autres réseaux sociaux, aux presque 700 000 personnes qui chaque jour me démontrent leur affection : je n'en serais pas là sans vous.

Comment oublier Roberta et Fiu, mes amis fidèles de toujours qui, même dans les moments les plus difficiles, ont su me redonner le sourire.

Merci à Effy pour avoir été une partie de moi et m'avoir fait voir les choses de son point de vue.

Et enfin, je dédie ces dernières lignes à moi-même, qui n'ai jamais cessé, ne serait-ce qu'une seconde, de croire en ce livre.

J'ai réussi, et je ne pourrais en être plus fière.

C'est la fin de ce roman, qui marque le début d'une nouvelle aventure, ensemble.

Ouvrage composé par
PCA – 44400 Rezé

Imprimé en Allemagne
par GGP Media GmbH
à Pößneck
S29351/01

www.pocketjeunesse.fr
POCKET JEUNESSE

MIXTE
Papier issu de
sources responsables
FSC® C003309

Pocket Jeunesse, une marque d'Univers Poche,
est un éditeur qui s'engage pour
la préservation de l'environnement
et qui utilise du papier fabriqué à partir
de bois provenant de forêts gérées
de manière responsable.